TAKE
SHOBO

野良猫は溺愛する

本音のわからない年下男子に翻弄されています

つきおか晶

ILLUSTRATION
whimhalooo

JN053581

MITSU
YUME

CONTENTS

MITSU YUME

イラスト／whimhalooo

野良猫は溺愛する

本音のわからない年下男子に
翻弄されています

Prologue

パキン、という小気味いい音が、静かだった部屋に微かに響いた。

口の中であっという間に溶けて、あとに煩いほどの甘い香りが残る。

「……おいし」

午後十時半。

こんな時間にチョコレートを口にするのは、なんだか禁忌を犯しているような気持ちになってしまう。でもお風呂に入る前に、どうしても一枚だけ食べたくなった。

「あっちー」

先に浴室を使っていた彼が、頭をガシガシとタオルで拭きながらリビングに戻ってきた。

今日の彼はダークグレーのTシャツと、グレーのスウェットパンツを履いている。下手するとダサくも見える組み合わせだけど、そこはさすがモデル。スタイルの良さとこなれた着こなしに思わず見惚《みと》れてしまう。

「……あ、チョコの匂いがする」

彼は私に近づくと、鼻をクンクンとさせる。

「『Cryst《クリスト》』食べたでしょ？」

『Cryst』というのは、私たちがこのところ気にいっているチョコレートの名前だ。薄い板状で甘さは控えめ、そしてすごく、香りがいい。

バレてしまったのなら仕方がない。素直に認めてしまおう。

「うん、食べちゃった」

「うー、なっちゃんばっかズルい」

つい最近まで彼は、私のことを『菜津《なつ》さん』と呼んでいたはず。いったいいつから『なっちゃん』になったのか、もう思い出せない。

「ズルい、って……」

「俺も食べる」

「お風呂入った時に、歯も磨いたんでしょ？」

「うん、磨いた。でもまた磨けばいいし」

いちいち言い方がかわいくて困る。私はこういう時、実は心の中でたまらなく身悶《もだ》えていて、それを表に出さないようにと、必死にこらえているのだ。

「それは、そうだけど……」

「じゃ、なっちゃんからもらう」

言葉の意味を聞く前に、彼は私の頭を引き寄せて唇を塞いだ。

彼は私の口内に残っていた甘さを、すべて舌で絡めとるようにキスをする。

「っ……」

いきなりだったせいで、私は呼吸するタイミングを失ってしまった。唇が離れた隙に息を吐き出すと、鼻に抜けた、甘味のある声が漏れた。

決して感じたわけじゃない……と言ったらウソになる。でも、言い訳したい。そう思っていると、視界の片隅に映った彼の口角が上がった気がした。

「かわい……」

その台詞、そのままそっくりお返ししたい。そんな濡《ぬ》れた子犬のような、邪気のない顔で微笑んじゃって。

ところで、こんなキス。まだ二十二歳だというのに、この男はいったいどこで覚えてきたんだろうか。気持ちよすぎて、そろそろ膝に力が入らなくなりそうだ。

モデルになれるほどの容姿なのだから、若くして女性経験が豊富でもなんら不思議ではないけれど……少し、モヤっとしてしまう。

「もう……」

私はそう言いながら彼の胸を押す。このまま続けていてはいけない。

「……だーめ。まだ」

見透かされたのか、彼はもう一方の手でさりげなく私の腰を支えてから続ける。

結局キスは、私の口内からチョコの残り香がなくなるまで続いた。

「おいしかった」

そう言って満足げな顔をすると、彼はソファーにどさりと腰掛け、テレビをつけた。

私の口内からチョコレートはすべて消えたはずなのに、唇には煩いほどの甘さが残る。

顔が熱い。彼にこの顔を見られずに済んでよかったと思いながら、私はそそくさとバスルームへ向かった。


四カ月ほど前のある日、彼は私のもとへ野良猫のようにふらりとやってきた。そして、今もこうして時折、姿を見せる。

彼がどういうつもりでここへ来ているのか、私は未だによくわかっていない。

かといって確かめることもできず、そもそもどう切り出せばいいのかもわからずにいる。

そしてそれを問えば、もしかしたらまた野良猫のようにふらりといなくなってしまうかもしれないと思うと、怖くなる。

私は、野良猫を繋《つな》ぎとめる術を知らない。

今はせめて、一日でも長くこの関係が続いてくれたらいいと、願うだけの臆病者。

Act 1：野良猫は擦り寄る

室内には、せわしなくスタッフの声が飛び交っている。

私は早朝から、郊外のハウススタジオに来ていた。

まだ夏に少し足を踏み入れたばかりだというのに、今日は十月号の撮影でモデルも秋物を着ることになっている。スタジオの空調が肌寒いぐらいなのは、もちろんモデルたちに配慮してのことだ。

私は少し冷えてきた身体を手でさすりながら、進行表を確認する。


私、伊吹菜津《いぶきなつ》が大学を卒業して、大手出版社『銀漢社《ぎんかんしゃ》』に入社したのは、今から四年前の二十二歳の時。初めは女性ファッション誌の編集部に配属されていたのだけれど、約一年前に今の編集部──男性ファッション誌『Men's Fort《メンズフォート》』──へと、異動になった。

思い起こせば、新しい環境に馴染《なじ》むことと仕事に食らいついていくのに必死で、この一年はあっという間に過ぎ去ったという感じだ。

銀漢社では、入社して三年で異動になることは滅多にない。当時、『Men's Fort』のべテラン社員が急に退職することになり、新規ではなく即戦力になる人材、さらに言えば社内の事情を理解している人間が欲しいという理由から、私に白羽の矢が立ったようだった。

辞令が出た時は、「なぜ私？」と不思議だったけれど、蓋を開けてみれば裏でそれを操っていた人間がいたというわけで――。

「伊吹ちゃーん、今日のスケジュールもう一回確認していい？」

私に声をかけてきたのは、ヘアメイクの寺嶌武彦《てらしまたけひこ》。

長めの髪にうっすら髭《ひげ》を生やしたワイルド系ともいえる風貌だけれど、笑った時のふにゃりとした笑顔でギャップ萌《も》えする人が多く、現にモテる。

――そう。この人物こそが、私の異動に関して裏で糸を引いていたらしき張本人だ。

あとで本人から聞いた話によると、編集部に欠員の話が出た時、伊吹なら仕事がしやすいからと、仲の良かった『Men's Fort』の編集長に私を強く推薦したらしい。

普通、人事に関しては組織的な問題もあるから、たとえ親しい人物からの助言があったとしても編集長の一存で決められる話ではない。本当に彼の推薦で私が異動になったのか、真相はわからないけれど、本人が自信満々にそう言うのだから、おそらくそうなのだろう。

「あ、そうだ寺ちゃん……じゃなかった、寺嶌さん」

「今は誰もいないんだから、寺ちゃんでいいよ、〝なっつ〟」

「……その木の実みたいな呼び方、いい加減やめて」

実は寺嶌さん――寺ちゃんとは、かなり長いつき合いだ。

寺ちゃんは四つ年上の兄、冬馬《とうま》の同級生であり親友で、兄が小学生の時からよくうちに遊びに来ていた。それがいつからか家族ぐるみのつき合いになり、会社を経営している寺ちゃんの両親が忙しい時には、夕飯を食べたあとそのままうちに泊まっていくこともあった。もちろん、大人になった今でも両家の交流は続いていて、寺ちゃんとは兄を交えて一緒に飲みに行くこともある。

ただ、幼い頃から長く一緒に居過ぎたせいか、寺ちゃんと私ははたから見るとどうも友人以上の関係に見えるらしい。私が高校生になった頃から、寺ちゃんを好きな女性や寺ちゃんの彼女からすれ違いざまに睨《にら》まれたり、酷い時には嫌がらせまでされることもあった。それは寺ちゃんが、彼女がいるところでも構わず、私を見つけると親しげに話しかけたりしてきたのが原因でもあるのだけれど。

でも、これまで私は寺ちゃんに恋愛感情を抱いたこともなければ、これから先、抱くこともないと断言できる。それは多分、寺ちゃんも同じだろうと思う。

子供の頃からのつき合いで、お互いを知りすぎるぐらい知りすぎていては、もう感覚的には身内と変わりない。仮に寺ちゃんとそうなったらと想像してみると、なんだか実の兄と関係を持つようで、気持ち悪いとさえ思えてしまう。

「胡桃《くるみ》の殻みたいな顔してるんだから、なっつでいいだろ」

寺ちゃんはニヤニヤと意地悪そうな顔をしながら、私を軽く小突く。こういう、会えば憎まれ口を叩くところも昔から変わっていない。

「なにそれ、胡桃の殻ってどういう――」

「お話し中、すみません」

ふいに後ろからかけられた声に、心臓が小さく跳ねる。

振り向くと、その声の主は涼しい顔で立っていた。

「寺嶌さん、向こうでスタッフさんが捜してましたよ」

「わ、マジ？」

寺ちゃんは「サンキュー」と手を上げながら、慌ててメイクルームへと戻っていく。

ひとりこの場に残されて、私は少しだけ身の置き所に困っていた。

目の前の彼はもう秋物の服を身に纏《まと》って、余裕を見せつけるように微笑を浮かべている。今日は『秋トレンドの着こなし術』というテーマの撮影だ。

「俺、そろそろこっちでスタンバってたほうがいいですよね、〝伊吹さん〟」

「あ……そう、だね。お願いします」

彼の名前は里見《さとみ》廉《れん》。

今、人気急上昇中の『Men's Fort』専属のモデルで、例の――野良猫だ。

里見君は、仕事中に妙な素振りを見せることは絶対にない。恋愛経験値が低い私のほうが、よっぽど挙動不審になってしまっているんじゃないかと不安になる。

「なんだかもう、お腹減ってきちゃった」

里見君はそう言って、はにかんだように笑う。笑った時、目が三日月形になるところがまたかわいい。

仕事でSNSをチェックしていると、彼に関しては『笑顔がかわいすぎる』、『笑顔の破壊力が凄まじい』という中高生の呟《つぶや》きをよく見かける。

本当だよね、と心の中でそれに同意しながら、私は手にしていた進行表へとなるべく自然に視線を移した。

「撮影の日は朝早いから、いつもより早くお腹空いちゃうよね。お昼ももちろんケータリングを用意してるから、終わったらいっぱい食べて」

「昼も朝と同じケータリングですか？」

「ううん、昼は『クルルギ』にしたよ」

「マジですか。俺、あそこのケータリング超好き」

里見君はちょうどこちらに来たほかのモデルと、ケータリングの話で子供みたいにはしゃいでいる。そんな様子を見ていると、彼は今二十二歳で、私の四つ下なんだなと素直に思える。

うちにいる時の里見君は、なんとなく私よりも一段高いところにいて、私のすべてを見透かしているような、そんな感じがするのだ。

「準備オッケーでーす」

カメラマンのアシスタントから声がかかる。時計を確認すると、ほぼスケジュールどおりだった。

「では、始めましょうか。みなさんよろしくお願いします」

私は絵コンテを手に、カメラマンの近くへと移動する。

「よろしくお願いします」

里見君はスタッフに向かって何度か深々と頭を下げながら、撮影する場所に立った。

さっきまで、人のいい青年、といった雰囲気だった彼は、カメラを向けられた瞬間、顔つきが一変する。

里見君はカメラマンの要求に従ってポーズを変えていく。彼が違う表情を見せるたびに別の匂いや風を感じ、背景の色まで変わって見えるような気さえするから不思議だ。

本当にプロ意識が高い。そこも、里見君を尊敬しているうちのひとつ。

「はいオッケーです。チェックお願いします」

いい写真が撮れているか確認するため、みんなでパソコンの前に集まる。

「服の質感もいい感じに撮れてますね」

「自然光の当たり具合もいい感じ」

スタイリストさんとそんなことを言い合いながら画像をチェックしていると、何気なく里見君が私の隣に立った。

一瞬、肩が触れ合う。

「おー、いい感じっすね」

ただ、少し触れただけ。それだけ。なのに、動揺してしまうなんて。今、他のことに捉われている余裕なんかないのに。

すぐに動揺してしまう自分を窘《たしな》めつつ、私はパソコンの画面に意識を集中させた。

……と、一枚の画像に目が留まる。

表情はクールだけれど、醸し出している雰囲気はどこか温かい。それはきっと、里見君の内面から滲《にじ》み出たものだろう。

「じゃ、次の撮影に移りましょうか」

うん。写真は、これを推そう。

順調に撮影も終わり、社に戻ってからは、ライターさんとの打ち合わせや紙面構成の会議、資料作成と目まぐるしく一日を終えて、私が自宅マンションに戻ったのは午後九時を回ろうとしているところだった。

「――こんばんは」

声のしたほうを見ると、〝野良猫〟がマンションの壁に凭《もた》れて、こちらを見ていた。

少しだけ乱視の入った近眼だという里見君は、仕事の時は使い捨てのコンタクトレンズをつけているのだけれど、終わるとそれをはずして眼鏡をかけることが多い。今日もフレームが太めの黒縁眼鏡をかけている。

……まさか、来ていたとは。

夜はまだ少し肌寒いというのに、どのぐらいここで待っていたのだろう。

「今日は遅くまで仕事じゃなかったの……？」

『このあと二本仕事が入っていて夜遅くまでかかる』と、私は里見君が帰りのロケバスで他の人と話しているのを聞いていた。

「そうだったんだけど、さくさく進んで八時には終わったんだ」

仕事の現場からここまでの距離はいったいどのくらいだったのか。それほど待たせていないといいのだけれど。

「連絡くれればよかったのに」

「そう思ったんだけど、なっちゃんを驚かせようかなって思って」

野良猫のくせにそんな、人懐っこそうな笑顔を見せちゃって。

早朝から仕事で里見君も疲れているだろうに、それでも来てくれたのかと思うと殊更に嬉《うれ》しくなってしまう。

でも、そんな素振りは絶対に見せられない……いや、見せちゃいけない。

「家、行ってもいい？」

「もう一緒にエレベーター乗ってるじゃない」

私は努めて冷静に返した。

「うん。だって帰る気ないし」

里見君はそう言ってペロリと舌を見せる。

そんなかわいい顔をされたら、感情を押し殺すのはもはや困難だ。思わずにやけそうになって、口元を無理やり引き結ぶ。ふと目の前のガラス扉に目をやると、困ったような笑みを浮かべた自分が映っていた。

自宅に着いて鍵を開け、ドアを閉めると、それを待っていたかのように里見君は玄関で私をぎゅっと抱きしめた。

「遅くまでお疲れさま」

彼の掠《かす》れ気味の声が、耳元に小さく響く。

清涼感のあるいつもの香水の香りと、仄《ほの》かに混じる、里見君の匂い。

そしてやっぱり、体が少し冷たい。

「里見君こそ、お疲れさま。体冷えちゃってる。なんかあったかい飲み物でも……」

里見君は少し体を離し、優しく微笑んで私にキスを落とす。

それはあっという間に深くなって、私は慌てて彼の胸を押した。

「ちょ、っと……私、まだうがいしてない」

「そんなのどうでもいい」

「どうでもいいって……んう、ッ」

言い終わらないうちにまた、唇は塞がれてしまった。そのままドアに押しつけられ、冷静な思考を失わせるほどのキスが続けられる。

「っ、ねえ……っ」

なにもかもどうでもよくなる前に、私は必死で理性を手繰り寄せた。

「……なに」

「どう、したの……？」

感じたのは、そこはかとない違和感。

なにかが少し、胸に引っかかった。

「なにが？」

里見君は私を少し離すと、怪訝《けげん》そうな顔で私を見つめる。

「なにか、あったの？」

彼が一瞬だけ目を細めたのを見逃さなかった。

「……なんで？　なにもないよ」

やっぱり、言うわけない……か。

里見君は多分、そこまで私に心を許してはいない。正体不明の関係は、どうにも距離感が摑《つか》めない。

「……ただ」

そう言って、里見君は私の頰へと指を滑らせた。

「なっちゃんとこうしたかっただけ。スタジオで一緒に仕事してた時から、ずっと」

甘い言葉を囁《ささや》かれると、どう反応したらいいのか戸惑ってしまう。

里見君はまた今日も、私より一段高い場所で、余裕を見せつけるように微笑んだ。

「我慢するの、大変だったんだから」

拒否権はないとばかりに、また唇は塞がれる。

嘘《うそ》か実《まこと》か。

恋愛経験など片手で足りる私には、里見君の言葉を見極めることができない。

年上をからかって楽しんでいるだけなのか、それとも……。

たとえばこれが彼の気まぐれだったとしても、この野良猫が私のもとにいる限り、彼の温もりを感じていたいと思うのはいけないことだろうか。でもそれぐらいのエゴは許してほしい。

結局、私たちはお腹も空いていたというのに、まるでさかりのついた猫のように〝別な飢え〟を先に満たすことにしてしまった。

＊　＊　＊

「はい……では、よろしくお願いします」

クライアントとの電話を終えたと同時に、たまたま傍らに置いていたプライベート用のスマートフォンが短く震えた。多分、メールかチャットアプリ。でも手帳型のケースを使っているから、カバーを開けない限り画面は見えない。

社内の時計を確認すると、ちょうど午前十時を回ったところだった。

こんな時間に来るのは、おそらくDMのたぐいだろう。そう思ったけれど、もしかしたら仕事繋がりの誰かかもしれないと思い直して、ロックを解除する。

相手はめずらしいことに、里見君だった。

『実は昨日、ドラマの仕事が決まった』

チャットアプリのふきだしに書かれていたのは、その一行。

「ええっ」

思わず驚きが口に出てしまい、慌てて辺りを見回す。幸い、みんな忙しくしていてこちらを気にしている人はいなかった。

里見君が前々から挑戦してみたいと言っていた役者の仕事のオファーがついに来たなんて。

矢も楯《たて》もたまらず、里見君に『夢が叶《かな》ったんだね、おめでとう！』というメッセージと、大喜びしているひよこのスタンプを送った。今が仕事中だということは、この際気にしない。

ドラマ出演が決まった時の、里見君の喜ぶ顔を勝手に想像しては、ひとりにやけてしまう。

ひとしきり嬉しさを噛《か》み締めてから、私はふと、違和感を覚えた。

「昨日……？」

仕事が決まったことを告げられたのが昨日だったならば、どうしてゆうべ、直接話してくれなかったのだろう。

単に話し忘れた？

それとも、私は真っ先に話す相手じゃなかった……？

思考が良からぬ方向へと進みそうになったところに、金岡孝太郎《かなおかこうたろう》編集長からお呼びがかかった。

本当のことはわからないんだから、考えても仕方がない。

そう言い聞かせ、私は原稿を手にして金岡編集長のもとへと向かった。


それからは締め切り前ということもあって毎日仕事に追われ、終電で帰宅という日々が続いた。

気づけば、ドラマ決定の報告メッセージをもらってから二週間ほどが過ぎていた。その間〝野良猫〟は一度もうちに来ることはなかったし、連絡すら来ていない。

きっとドラマの仕事が決まって、にわかに忙しくなってしまったのだろう。無理やりにでもそう考えなければ、あの報告が最後になってしまったのかもしれないと、また悪いほうへと考えそうになってしまう。

ネガティブに考えてもなにもいいことはない。わかってはいるけれど、マイナス思考というやつは手ごわく、しぶとい。

こんな時は友達とお酒でも飲みに行って、余計なことを考える暇をなくしてしまおうかと思っていると、タイミングのいいことに社内で親睦会をやろうという話が持ち上がった。

同じ出版社のファッション雑誌編集者と、仕事関係者とのささやかなパーティー。

専属モデルの子たちも呼ぼうという話になったけれど、里見君からは欠席の連絡が来たようだった。

「では、かんぱーい！」

グラスを合わせる音が、あちらこちらで響く。

親睦会は、我が社ご用達のカフェダイニングで行われている。席は、会場に到着した順で適当に選んでいいことになっていた。両隣には私が一年前まで在籍していた女性ファッション誌編集部の先輩である志賀《しが》和香《わか》さんと、その専属モデルの桜庭《さくらば》ヒロコちゃんが座っている。

和香さんは私よりふたつ年上の二十八歳。ヒロコちゃんはひとつ下だけれど誕生日がまだだから、今は二十四歳だ。一緒に仕事をしているうちになんとなく気が合って、私が異動する前はなにかと理由をつけては、この三人でよく飲みに行っていた。

昔というほど前ではない昔話に花を咲かせ、お互い近況報告などをし終えたあと、「そういえば」とヒロコちゃんがなにかを思い出したように話し始めた。

「『Men's Fort』の里見廉君、ドラマ決まったらしいねー」

里見君のドラマ出演の話は、彼から連絡が来た一週間後に、彼の所属事務所から編集部のほうにも連絡がきていた。

社交的で顔が広いヒロコちゃんは、相変わらず情報を掴むのが早い。

「そう……だ、ね。深夜枠みたいだけど」

身内気分で鼻高々に話をしてしまいそうになって、私は慌てて口調を立て直す。

「へぇ、すごいねー。里見君って、モデルになって何年だっけ？」

「たしか……四年くらい、だったと思います」

本当は四年と三カ月。

里見君だから、細かいところまで覚えているわけではない。編集者として今在籍しているモデル達のデータはしっかりと頭に入れている。これは私に限った話ではないからちょっと警戒しすぎかとは思ったけれど、些細《ささい》なところで勘づかれてしまいそうで、私は和香さんに敢えて曖昧に答えてみせた。

「共演者が誰かとか、もう聞いた？」

ヒロコちゃんに訊《き》かれて、私は首を横に振る。

私が編集部経由で知った情報は、ドラマは午後十一時からの放送で、里見君は初めてのドラマにもかかわらず二番手、主役の相手役だということだけだった。

「たしか、ヒロインがこの間まで戦隊ものに出ていた山岸蘭《やまぎしらん》で、『Bijoux《ビジュー》』のモデルの池尻《いけじり》ありさちゃんも出るって話だったかなー」

『Bijoux』というのは、我が銀漢社の女性誌の中で一番の売り上げを誇るファッション誌で、池尻ありさはそこの人気モデルのひとり。辺りを見回してみたけれど、どうやら彼女も今日はここに来ていないようだ。

ヒロコちゃんは本当によく知ってるな、と感心しながら何気なく和香さんを見ると、彼女はなぜか妙な顔をしていた。

「……どうかしたんですか？」

和香さんは若干、口を開くのをためらっているようにも見える。ややあって、手にしていたグラスをテーブルに置いてから「余計な心配なんだけど……大丈夫なのかな、と思っちゃって」とこぼした。

なにがですか、と言いかけて、私は直感的に言葉を呑《の》みこむ。

……嫌な予感がした。

「いや、勝手にあのふたりは共演ＮＧかと思ってたから」

和香さんの言葉にヒロコちゃんはなにかを思い出したらしく、「あっ、そうだった」と声を上げた。

和香さんが私を見る。

「そっか、伊吹は知らなかったか」

周りを一度見回してから、和香さんは自分のほうへ顔を寄せるようにと手招きした。

「どうやらつき合ってたらしいの、里見君とありさちゃん」

お腹の辺りが、ひゅっと冷たくなった。どんどん血の気が引いていくのがわかる。

だめだ……なにか、リアクションしなきゃ。そう頭ではわかっているのに、私は驚きの声さえ出すことができずにいた。

今、二人の前でちゃんと取り繕えているのかもわからない。冷静さを取り戻そうと、もう一度和香さんの言葉を心の中に引きずり出してみる。

『つき合ってた〝らしい〟』

過去形……？

「伝え聞いた噂《うわさ》話だけど、目撃者も結構いたみたいで」

「そうそう。腕を組んで仲良さそうに歩いてるところを見たって、私も前にモデル仲間数人から聞いたし、夜中ありさちゃんのスマホに電話をかけたらなぜか里見君が出たって話もあったし、単なる噂じゃなく信憑《しんぴょう》性はあると思う」

ヒロコちゃんと和香さんの会話がただ、目の前を通り過ぎていく。

いつかは里見君のそういう話を聞く日が来るだろうと、覚悟はしていた。

していたけれど、だめだ。思った以上に……痛い。胸が。心が。

「別れたらしいとも聞いたけど、実際のところはわからないままだったなぁ、そういえば」

ヒロコちゃんは嘆息しながら、近くにあったフルーツ盛りのパイナップルにフォークを突き刺した。果汁が滴り落ちる。

「やっぱり別れたんだ？」

つられたのか、和香さんもフォークをパイナップルに刺している。

「んー、多分。たしかその時聞いたのは、ありさちゃんが二股してたのがバレたから別れたとかなんとか」

ふたりともパイナップルを頬張りつつ、真剣な顔で話をしている。私はただそれをぼんやり見つめていた。

「えー、二股⁉　ありさちゃん、すごいね……それで？　その二股していたもうひとりの人物も、噂で聞こえてきてたりする？」

「それが、そのもうひとりの男っていうのは――」

ちょうどその時、遠くから「伊吹ー！」と私を呼ぶ声がした。

声の方向を見れば、金岡編集長が私を手招きしている。

「ごめんなさい。なんだかわからないけど、編集長に呼ばれちゃいました」

私は金岡編集長に返事をしたあと、ふたりに手を合わせながらそう言った。

「この集まりはそもそも仕事の延長なんだし、謝らなくていいって。そうだ、今度久々に三人で飲みに行こうよ。その時にでもまたゆっくり」

「あ、いいねー。行きたい！」

和香さんの言葉にヒロコちゃんも同調する。私はふたりにもう一度謝り、半分はほっとしながら、もう半分は後ろ髪を引かれながら、席を立った。

ヒロコちゃんは、あのあといったい誰の名前を言おうとしていたのだろう。

ネットのニュースサイトに里見君のドラマの話が掲載されたのは、親睦会から数日後の昨日のこと。私がその記事を目にしたのは、通勤電車の中だった。

　公式SNSも立ち上がり、コメントは引用分も含めると数時間で百件を超えていて、人気アイドルが出演するわけでもない深夜枠のドラマにしては、注目の高さが窺《うかが》える。

　コメント欄には『廉君の初ドラマ楽しみ』、『レンくんが出るなら絶対観ます』という里見君へのコメントも多く見られた。もちろん彼の公式SNSのお知らせにも、ファンからたくさんのお祝いコメントが寄せられている。

　我が社的にも私個人としても、里見君の人気が高まっているのは喜ばしいことで、そこに嘘はない。

　……嘘はないけれど、それでもどこか複雑な気持ちになってしまうのは、ただの、私の我儘《わがまま》だろう。

　あの親睦会の帰り、どうしても気になって、私は池尻ありさのプロフィールを調べてしまった。

　彼女は、私と同じ生まれ年だった。

　年齢だけで、私が池尻ありさの身代わりだという思考に走ってしまうのは、いくらなんでも乱暴過ぎるとは思う。それに当然、池尻ありさと私の容姿は雲泥の差だ。似ているなどという図々しいことも思っていないし、思いようもない。

　でも、私たちはお互いの気持ちを確かめ合っていない、あやふやな関係。普通なら気にも留めないようなことも疑惑と化して、どんどん心の中で膨らんでいってしまう。

最後に会ったあの日、里見君の様子に違和感を覚えた。やっぱり、池尻ありさと共演が決まったことと関係があったんだろうか。

里見君は、私のことをどう思っているの？

いっそ、彼にそう訊けたらいいのに。

でも今の私は、危険な賭けに出られるほど強くない。

＊　＊　＊

何週間かぶりに定時で仕事が終わり、私は帰りがてら近所のスーパーマーケットに立ち寄った。

このところコンビニ弁当や仕事場近くのカフェで適当に夕食を済ませていたから、すっかり手作りの食事が恋しくなっていた。

とはいえ、身体はまだ締め切り前の修羅場の疲れを引きずっていて、あまり手の込んだものは作りたくない。

そんな疲れた時に私が決まって食べたくなるのは、なぜかカレー。私はカレーの材料とお菓子や飲み物を適当に買いこみ、帰路に着いた。

うちに帰って冷蔵庫を開けてみると、入っていたのはチューブ入りの調味料数本と香辛料の小瓶、熱が出た時に貼る冷却シートぐらいだった。あまりの電気の無駄遣いっぷりにため息が出る。

「……あ」

そっか。グリエもなくなっていたのか。

グリエとは、里見君と私が今ハマっている炭酸入りのミネラルウォーターのこと。

前に里見君がうちに来た時、重たいのに結構な本数を買ってきてくれて、大事に飲んでいたからてっきりまだあるものだとばかり思っていた。

それなりに、時は流れていたんだな。

改めて突きつけられた事実に心が押し潰されそうになる。

私は一度大きくため息をついてから、買ってきた飲み物と、ひき肉、豚の薄切り肉を冷蔵庫にしまった。

部屋着に着替え、先にお米を炊飯器にセットしてからカレーを作り始める。

じゃがいもの皮を剝き、玉ねぎをスライスし、にんじんを適当な大きさに切る。鍋に油を入れてクミンシードを炒《いた》めると、いい香りが立ちのぼった。

さらに材料を炒めて水を入れようとしたところで、私はあることに気がついた。

「あれ、これって八皿分、だよね……」

鍋の中では、カレールウの箱の裏面に書かれた分量の野菜と肉がすでに炒められてしまっている。今日はひとりで食べきれる量だけでよかったのに。

このところ誰かの分まで食事を作ることが増えていたから、知らず知らずのうちにくせになってしまっていたのかもしれない。

「……当分、カレーだな」

苦笑いしながら鍋に八皿分の水を入れ、蓋をして火加減をかなり弱火にした。お腹は減っているけれど、すぐにできあがらなくていい。寝るまでの時間が長いと、つい余計なことを考えてしまいそうだから。

私はその間散らかっていた部屋を片づけ、棚に積もりかけていた埃《ほこり》をハンドモップで拭いた。掃除機もかけたいところだけど、さすがにこの時間は近所迷惑なので、フローリングモップだけで我慢しておく。

里見君が頻繁に来ていた時は、どんなに忙しくても毎日部屋の掃除をしていた。そして里見君が来なくなってからも、五日ほどはちゃんと綺麗《きれい》にしていた。

でも六日目に「掃除をしているのに、彼は来なかった」と、余計な感情が入り混じっていることに気づいて、やめてしまった。

すべてを諦めれば、少し居心地が悪くなったとしても心は楽に過ごせる。部屋が汚れていようが、ひとりになろうが、死ぬわけじゃない。

掃除を終え、キッチンに戻って鍋の蓋を開けてみると、中はいい具合に煮えていた。いったん火をとめてカレールウを割り入れ、冷蔵庫にあったガラムマサラを振り入れる。ルウが溶けていくにつれ、部屋にはさらにカレーのいい匂いが満ちていく。この香りを嗅ぐだけで、萎びていた気持ちが息を吹き返していくように感じるのだから、カレーの力ってすごい。

ご飯はすでに炊きあがっている。サラダは買ってきたし、さて食べようかと思ったその時、突然チャイムが鳴った。

「えっ……」

まさか。

否応なしに、胸が高鳴る。私はインターフォンに駆け寄り、モニターを確認した。

『なっちゃん、俺だよー』

こちらが言葉を発する前に、ロビーのカメラに映った人物は小さく手を振りながらそう言った。

「あっ、開けるね」

声が上擦ってしまった。

程なくして、玄関のチャイムが鳴る。私は慌てて鍵を開けようとして——手をとめた。

これじゃ、待ち侘《わ》びていたと言っているようなものだ。

私は一度大きく深呼吸してから、平静を装ってドアを開けた。

「……久しぶり」

里見君はそう言って少し照れくさそうにしている。

「久しぶり、だね。いらっしゃい」

鼓動は、どくんどくんと、体全体に響き始める。

自然に……自然に。

「上がってもいい……？」

「どうぞ」

見れば、里見君は手に袋を下げていた。靴が脱ぎにくいだろうと袋を受け取ると、中にはまたグリエが結構な本数入っていた。それと、『Cryst』が数箱。

「もうなくなってる頃かなと思って、買ってきた」

「……ありがと」

本当は里見君の顔が見れて声が聞けたのが嬉しくて、今すぐ彼を抱きしめて「ずっと待ってたんだよ」と言いたくなる。

……でもそんな重い言葉を口にしたら、だめだ。

だって私は、身代わり、かもしれないのだから。

「あ、カレーの匂い」

玄関にもカレーの匂いが漂っていたらしく、里見君は鼻をくんくんさせている。

「あ、今ね、カレー作ってたの」

「俺今日、めちゃめちゃカレー食べたかったんだよ！」

あまりに嬉しそうに言われて、うっかり顔がニヤけるところだった。

つき合っている相手ならここで「以心伝心だね」とか、傍から見たらバカップルだと言われそうな会話が展開するところだろうけど、そんなこと私の口から言えるはずもない。

「俺の分もあったりする……？」

「あるよ、たっぷり。実は分量間違えてたくさん作っちゃって、どうしようかと思ってたところだったの」

声を弾ませないようにと気をつけ過ぎて、思いきり事務的なトーンになってしまった。

おそるおそる横目で里見君を見れば、彼はなぜか満面の笑顔で、目が合うと私の頭に大きな手を乗せた。

「以心伝心だね」

まさか、里見君がそれを言うなんて。

里見君を見つめたまま固まっていると、彼はふふっ、と小さく笑みを漏らした。

……だめだ。

自分でも、顔が熱くなっていくのがわかる。

私は里見君に「座ってて」と言って、逃げるようにキッチンへ向かった。

冷蔵庫の中にはさっき買ってきた飲み物が入っている。私はそれを取り出し、袋の中のグリエをすべて冷やした。

ぱたりと冷蔵庫を閉めるタイミングで、ため息をつく。

……危ない。もう身代わりでもなんでもいいと、思ってしまいそうだった。

そう思ってしまったら、辿《たど》り着く先は地獄しかない。

「ねえ。俺が来てなかった間、なっちゃんはどうしてたの？」

ふいに問われて振り向くと、里見君はソファーの背に体を預けてこちらをじっと見ていた。

「朝から晩まで、ずっと仕事……」

事実だけれど、改めて口に出したら気が滅入ってしまう。

毎日仕事しかしていない女って、どうなんだ。これが芸能界に身を置く女性なら、エステに行ったりジムやヨガに通ったりと、忙しい中でも自分磨きを怠らないのだろう。

きっと、池尻ありさだって……。

私は不自然にならないように、里見君からゆっくり視線をはずした。

「……里見君は、ドラマの撮影だったの？」

声は、普通にできただろうか。きっと顔は引き攣《つ》っていたに違いない。

「いや、撮影は来週から」

「……そう、なんだ」

じゃあ、どうして来なかったの……？

自己中心的な思いが真っ先に浮かんできた自分に嫌気がさす。他にも仕事が入って忙しかったんだろうなとか、なぜ私は相手を慮《おもんぱか》れないのだろう。

そもそも、私は彼とつき合っているわけでも、約束しているわけでもない。たとえば暇だからといって、里見君がここに来なくてはいけない理由は、なにひとつないのだ。

ご飯を一緒に食べて、時折体を重ねる。

私たちは、ただそれだけの、曖昧な関係なのだから。

「俺、役者経験がないでしょ。だから演劇のワークショップに参加させてもらって、ここんとこずっと芝居の勉強をしてたの。他にもドラマの顔合わせとか本読みとか取材があったりして、俺も毎日家に帰るのは十二時過ぎだったよ」

胸が、ざわざわと波立つ。

顔合わせ、したんだ。

『元カノと会って、どうだった？』

そんなこと訊けるはずもないし、訊きたくもない。

私はその言葉を、喉の奥ですぐに捻り潰した。

「いつも、何事にも全力で取り組んでるよね、里見君。ドラマを撮る前に演技の勉強をするなんて、モデルから役者になった誰からもそんな話、少なくとも私は今まで聞いたことがなかったよ」

そう言って振り返ると、里見君は照れくさそうに微笑んだ。

「自分でも今、めちゃめちゃ頑張ってるなって思うよ。役者の仕事は前からずっとやりたかったことだし、『モデルだから演技が棒』とか言われたくないからね。これから役者の仕事をするかもしれない後輩たちにも、先輩が不甲斐《ふがい》なかったら申し訳ないし」

私は彼の、努力家で、こんなふうに周りのことまで考えて行動しているところが好きだ。

『俺、不器用だから、人一倍努力しなくちゃみんなに追いつけないんですよね』

私が『Men's Fort』に移ってから初めて里見君と仕事をした時、彼が目を輝かせながらそう言っていたことを今でも鮮明に思い出す。

里見君はモデルの資質があると周りの誰もが認めているけれど、本人はそれに胡坐《あぐら》をかくことなく、自分の立てた目標に向かってつねに努力を積み重ねている。

そんなキラキラと輝いている宝石のような人が、どうして私みたいななんの取り柄もない、そのへんの石ころのところへ来たのだろう。たとえばそれが、元カノの身代わりにするつもりだったとしても。

……ああ、そうか。捨てても惜しくないからか。

「……どうしたの？」

里見君にそう言われて、手が止まっていたことに気づく。

「う、ううん、どうもしないよ。どのぐらいご飯盛ろうかなと思って」

「俺のは大盛りで」

「あはは、了解」

私は笑いながら言って、用意したお皿にご飯を盛り、温めたカレーをかける。それと買ってきたサラダにトマトを足したものをテーブルに運んで、私は里見君の右隣に腰をおろした。

「いただきまーす」

里見君はお腹が減っていたのか、「うんまっ！」と言いながら夢中でカレーライスを口に運んでいる。その姿がなんだか子供のようで、私はつい笑ってしまった。

「なんで笑ってんの？　俺、なんか変？」

「ううん。ただ、おいしそうに食べるな、と思って」

「だって、本当においしいんだもん。なっちゃんのカレーは、このひき肉と薄切り肉のダブルなのがまたいいんだよね」

カレーに二種類の肉を入れるのは、うちの実家の定番だ。食べ盛りの兄貴が満足いくようにと、母親がちょうど特売だった二種類の肉を使ったのがきっかけだったらしい。

大げさだけれど、自分の育ってきた環境ごと褒められているような気がして嬉しくなる。

「……ありがと」

間違えて、カレーを多く作ってよかった。彼の喜ぶ顔が見れて、よかった。

もう二度と、里見君とこんな幸せな時間を過ごせないかもしれないと思っていたから、なおさら。

気がつけば、お腹が減っていたせいかふたりともあっという間にカレーを食べ終えてしまった。時間も遅いからと、私はすぐにキッチンへ食器を下げにいく。

「拭くの、この布巾でいいんだっけ？」

「ああ、うん、それで。ありがとう」

里見君はいつも一緒に片づけてくれる。手慣れているところを見ると、きっと小さい頃から積極的に母親の手伝いをしてきたのだろう。

……もしかしたら、元カノの家でも。

「あー……」

里見君は私の声に驚いた様子で、こちらを向いた。

「なに、どうしたの？」

「あっ……あの……服にね、洗剤の泡が飛んじゃって」

なにをやっているんだろう、私は。

最近ずっとこんな状態を繰り返していたから、里見君がいることも忘れて、うっかり感情を声に出してしまった。

「急に変な声出すからびっくりした」

「はは……ごめん」

里見君の元カノの話を聞いてから、私の頭の中はそればかりに捉われてしまっている。

私は妙な空気を払拭しようと、必死に話題を探した。

「……あ、そうだ。今月号の『春夏ファッションに似合うヘアアレンジ特集』ね、里見君のアレンジが読者からすごく好評だったよ。里見君に似合ってるって声もたくさんもらったし」

ヘアアレンジを担当した寺ちゃんも、撮影のあと会心のできだと言っていた。

「へぇ、そうなんだ。よかった」

「寺ちゃん……じゃなかった、寺嶌さんともこの間打ち合わせで話したんだけどね、今度公式サイトにわかりやすく動画で上げ……」

里見君がつかつかとこちらに来たかと思えば、話の途中で急に蛇口の水をとめた。

「な……どうしたの、いきなり」

驚いて彼を見上げる。

「寺ちゃん……？」

小首を傾げた里見君は、奇妙な顔で微笑んでいる。

これまで私は、里見君の前で彼のことを『寺ちゃん』と呼んだことはおそらく、一度もない。さっきうっかりそう呼んでしまったから、気になったのだろう。

「あー……寺嶌さんとは結構つき合いが長いから、仕事以外の時はそう呼ぶこともあってつい……」

兄の親友だと素直に言えばよかったのに、なぜか咄嗟《とっさ》にそう答えてしまった。

私にだって内緒にしていることはあるのだと、含みを持たせておきたかったのだろうか。自分でも、よくわからない。

目の前の彼は黙ってこちらを見つめている。無言の圧力に耐え切れず、やっぱり素直に言おうか迷っていると、里見君はこちらに手を伸ばして私の髪に触れた。

「つき合いが長いだけじゃなく、〝寺ちゃん〟と呼ぶくらいには親しい、ってことだよね」

「別に、そんなことは……」

首筋に、里見君が揺らす自分の髪の毛が淡く触れてゾクリとする。

「寺嶌さんは〝寺ちゃん〟で、俺は〝里見君〟……」

「……え」

「寺嶌さんより、距離を感じる」

意外なことを言われて戸惑う。

今、なにを言えば正解……？

混乱しながらもおそるおそる口を開きかけると、里見君は私の言葉を自分の唇で遮った。

少し離れて、彼は私の目をじっと見つめる。

「俺はいつ〝里見君〟じゃなくなるの……？」

彼は自分の額を私のそれに、こつりとつけてそんなことを訊く。

里見君は、私になにを言ってほしいの……？

「だってそれは……」

今すぐ逃げ出したくなって、腰が引けてくる。でも彼の手が私の首の後ろを押さえていて、距離を取ることができない。

「どうすれば、名前で呼んでくれる？」

そんなの、私のほうが里見君に訊きたい。

私は、あなたのことを名前で呼んでもいいんですか、と。

里見君はまた、私にキスをする。

「……ねぇ……っ、まず手を、洗わせて……」

手についている洗剤の泡が気になって、私はシンクの中から手を動かせず、相当窮屈な体勢になってしまっていた。里見君はようやく状況に気づいたらしく、蛇口のレバーを上げてお湯を出してくれた。

「ありがとう」と言って手を洗おうとすると、里見君が後ろから私の手を摑んで蛇口の下まで持っていく。

「い、いいよ、自分で洗えるから……」

抱きしめられているみたいで、落ち着かない。

「俺が、こうしたいの」

あまりゴツゴツとはしていない、細長く綺麗な指。

身長もあるからなのか、一般的な男性の手よりも大きい里見君の手が、私は好きだ。

ぬるぬると、水の中でふたりの手が泳ぐ。

「……泡は取れたから、もう大丈夫だよ」

私がそう言っても、里見君は洗うのをやめない。

「ねえ、大丈夫だって……」

いい加減、変な気分になってくる。

いよいよもって我慢できなくなった私は、無理やり手を引き抜いた。

「もう……」

冗談っぽく彼を軽く睨みながら口を尖《とが》らせて、私は素早くそのへんにあった布巾で手を拭き、里見君には綺麗なタオルを渡した。

平静を装っているけれど、心臓は激しく脈打っている。

人に手を洗ってもらった記憶といえば、幼い頃に母親にされたことがあるぐらいで、男の人からされたのなんて初めてだ。

手を洗われるだけで、こんな変な気持ちになるなんて。まだ、背中の辺りが妙な熱を帯びている。

まったく。私はこの〝野良猫〟に翻弄され過ぎだ。

里見君はタオルで手を拭きながら、こちらをじっと見つめている。

私は彼の視線から逃れ、無言のまま拭き終わった食器を片づけた。

「……俺、シャワー浴びてくる」

程なくして、里見君はそう言うとキッチンからいなくなってしまった。

なんとなくムッとしていたように見えたのは、おそらく気のせいではなさそうだ。

でも彼が怒っていたとして、その理由がわからない。

名前で呼ばなかったから……？

私は残っていた食器を片づけ、布巾を洗った。蛇口の水を止めると、微かにシャワーの音が聞こえてくる。

そういえばしばらく里見君が来なかったから、脱衣所に彼用のバスタオルを用意していなかったかもしれない。私は寝室のクローゼットにバスタオルを取りに行き、バスルームへと向かった。

「タオル、ここに置いておくね」

脱衣所から里見君に声をかけると、シャワーの音が止まった。

同時に、扉が開く。

「……ッ」

慌てて、私は視線を逃がした。

里見君の裸はもう何度も見ているというのに、明るい場所でこんなふうに見てしまうと、なんとなくいけないものを見ているような気になってしまう。

仕事仲間、ということもあるのかもしれない。

「……脱いで、なっちゃん」

「えっ」

「いいから、脱いで」

里見君は私の手を掴むとバスルームに引き込み、私が着ていたTシャツを強引に脱がせた。

「このままじゃ、下も濡れちゃうけど？」

彼は私に下を脱ぐように促す。私は仕方なく、履いていたスウェットのパンツを脱いで脱衣所に放り投げた。それを待っていたかのように、里見君は私の唇を奪う。

「ン……っ」

もしかして、ここで始める気だろうか。

キスをしながら、里見君は私の身に着けていたものをすべて剝ぎ取ると、水栓のハンドルを回した。ザーという音とともに、体にはお湯の粒が踊る。

しばらくキスを交わしてから、里見君はなぜかため息をついた。

「今日は、絶対がっつかないって決めてたのに……」

そう言って自分の濡れた前髪を手でぐしゃりとする。

「……でももう、無理」

「ま、待って……あの……」

「なっちゃんが気にしてるのはアレ、でしょ。脱衣所に置いてる荷物の中に入ってるから心配ない」

そう言われても……と戸惑っているうち、里見君は私の首筋に舌を這《は》わせた。立ったままというういつもとは違う刺激に、感じたことのないゾクゾクとしたものが足元のほうからせり上がってくる。そのまま舌は耳へとのぼり、彼の左手は反対側の耳と首筋を淡く撫《な》でた。

「あ……ン、ッ……」

「なっちゃんって、ほんと耳弱いよね」

「そんなこと……言われたって……っ、ンん」

楽しそうな笑い声が耳元で聞こえたかと思えば、唇で耳朶《じだ》を食《は》まれる。柔らかい部分と窪《くぼ》みに交互に這わされた舌の、温かくぬるりとした感触と淫らな音が、いつもは心の奥底に眠っている淫猥《いんわい》な感情をあっという間に呼び起こした。

「ね、ほ、んとに、ダメ……っ」

「そんなこと言っても、やめないよ」

ギュッと瞑《つぶ》った暗闇の中に、何段も高いところから私を見下ろしている里見君が見えた。

そうやっていつも私を翻弄して、楽しんで——ずるい。

年下のくせに。野良猫のくせに。

少し離れた気配がして瞼《まぶた》をゆっくり開けると、視界の隅に、企みを含んだ笑みを浮かべた口元が映った。刹那、里見君の唇は胸へと近づいてくる。

私は慌てて、彼の肩を少し押した。

「ね、ねえ待って」

「……なに？」

「私、まだちゃんとシャワー浴びてない」

今日も一日中走り回って、汗もそれなりにかいている。シャワーのお湯がかかっただけでは、匂いとかいろいろと気になってしまう。ベッドではなくここでするならせめて綺麗な状態で、と思うのは、我儘ではないはずだ。

「……ああ。そうだよね」

やけにあっさり承諾したなと思っていると、里見君はボディーソープの容器を取り、中身を手のひらに出した。

「え……な、に、するの？」

「……わかってるくせに」

手のひらを合わせて温めるように少しこすると、里見君はそれを私の肩から腕へと両手で撫でるようにつけた。振り返って、出しっぱなしだったシャワーを止めてから、私の体に残る水滴とボディーソープを馴染ませるように混ぜて泡立たせていく。

「い、いいよ、自分でやるから……」

「だーめ」

さっき手を洗われた時も思ったけれど、人の手の感触は、私の鼓動を早めるスイッチだ。でもそれは里見君だから、という理由が一番大きいのかもしれない。

腕を往復しているうちにボディーソープも泡立ってきたようで、動きも滑らかになった里見君の手は、胸の膨らみへと移動してきた。少しだけ下から持ち上げるように弄ぶと、そのままくるくると、指先だけで円を描くように周りを撫でる。でもなぜか、先端には一向に触れてこない。

もどかしくなって、私は思わず微かに身を捩《よじ》った。

「どうしたの……？」

目の前の彼は、なにもかも見通しているように微笑んでいる。

……ほら、やっぱりずるい。

「だ……って」

「だって、なに？　言わなきゃわからないよ」

　里見君ってこんな意地悪だったたっけ……？

　いつもと違うシチュエーションが、彼をそうさせているんだろうか。

　悔しくなって不満げに少し、睨んでやる。

「なんで、そこだけ……」

「じゃあ、どこをさわってほしいの？」

　頬に吐息がかかるぐらいに綺麗な顔を近づけられ、心臓が跳ねる。

　こういう関係になってもう何カ月も経つというのに、彼が『里見廉』だという事実が時折顔を出すから、全然慣れない。そもそもこんな状況になっていることが、未だに信じられないのだけれど。

「……別に」

　到底言えるはずもなく、たまらず視線を逸らしてそう言うと、目の前からクスクスと小さな笑い声が聞こえた。

「仕方ないな」

　軽くキスを落としてから私の肩口を持ってくるりと向きを変えると、里見君は後ろから私を抱きしめるように腕を回した。大きな手で胸を包み込んでから、人差し指の腹で両胸の尖りに柔らかく触れる。

「あ……ん、ッ」

じらされたぶん感覚が鋭くなっていたのか、思わず大きな嬌声《きょうせい》を上げてしまった。浴室に反響した自分の声が恥ずかしくて耳を塞ぎたくなる。

「なんか、いつもより感じてない？　確かにここ、すごく固いけど」

指の腹で、ヌルヌルと尖りに淡い刺激を与えられ続け、自分では制御できないほどに息も荒くなってくる。声も抑えたいのに、なかなか我慢がきかない。

ふと、天井から小さなブーンという音が聞こえてきて、私は換気扇が回っていることに今さら気がついた。

もしも、ダクトを通って排気口から外に自分のあられもない声が聞こえていたら。そしてそれを誰かに聞かれていたら。

私は慌てて手の甲を口に押し当てる。

「声、抑えないでよ」

「だ、って、換気扇が……」

里見君も天井を見上げ、納得したように「ああ」と声を上げた。

「……じゃ、俺が塞いでてあげる」

「こっち見て、なっちゃん」と言われて後ろ方向を見上げると、おもむろに唇を塞がれる。

「ん……ぅ」

里見君の舌が侵入し、すぐに舌を絡めとられた。苦しい体勢でも、里見君のキスと胸への刺激がどうしようもなく気持ち良くて、苦しさも理性すらもどこかへ飛んでしまいそうになる。

「やっぱ、なっちゃんの舌、気持ちい……」

同じことを考えていたのかと、そんな些細なことにも喜びを感じる自分は、なんて単純な人間なのだろうと心の中で自嘲した。

そのうち下側に、よりはっきりとした熱を感じてきて、身体が切なさを帯びてきた。だからといって、自分から「さわって」なんて言えるはずもない。そんな言葉を発したら、本当に〝それだけの関係〟だと認めてしまう気がしたからだ。

「気持ちいい……？」

「は……っ、う……ん……」

言葉にならない声で返すと、後ろでくすりと笑われた気がした。

「じゃ、もっと気持ちよくしてあげる」

里見君の右手が、私の右胸から脇腹をなぞるようにして太腿《ふともも》までさがると、内腿へ向かって撫で始める。でもやっぱり、肝心なところには触れてこない。今日の彼はとことん、じらしたいらしい。太腿を撫でられるたび私のそこはズクズクと疼《うず》き、たまらず内股気味になった。

「なんか、脚に変な力が入ってる」

「っ、え……」

「ちゃんと開いてくれないと、さわれないよ」

彼の手が太腿からするりとつけ根に向かうと、指が秘芯を掠めた。

「ッ……ふ」

声を出しちゃダメだというのに。正直な体が恨めしい。

「……ねえ。すごくヌルヌルしてるけどこれ、ボディーソープのせいじゃないよね？」

答えにくいことを問われて困ってしまう。その間にも、里見君の指は敏感になったしこりに柔《やわ》く触れながら、秘裂をゆっくり往復している。

もう立っていられなくなりそうだ。どうにか踏ん張ろうと脚に力を入れると腰がくねり、背中に固いものが当たった。

里見君も、もうそんな状態だったんだ。そう思ったら少し、悪戯心が芽生えてきた。だって、翻弄されっぱなしなのは悔しい。

私はゆっくり右手を背中に回し、そそり立った彼の欲望に手を伸ばした。まさかこの状況でさわられるとは思っていなかったのか、握った瞬間、里見君の体がびくりとした。

先端の露を親指でくるくるとなぞってから、すでに固さをもったそこをゆっくりしごくと、後ろから甘い吐息とともにくぐもった声が聞こえてくる。

私の手でも感じてくれているんだ。

「も……、なっちゃんずるい。そんなことされたら、我慢できなくなるじゃん」

ずるいのはあなたでしょ、と言う前に里見君は後ろ手でシャワーのつまみを捻《ひね》った。天井から注ぐお湯の粒に一瞬、ひゃっとなりながらも、ふたりで体についた泡を流していく。

振り返ると、愛おしそうな顔で微笑む里見君がそこにいた。

不用意に、そんな顔なんか見せないで。

……勘違い、させないで。

ザアザアと降るお湯を浴びながら、私は彼の前にしゃがんでみせた。さっきよりも屹立《きつりつ》したこわばりを手にして口に含むと、無味な水気の中にほんのり塩味を感じる。

「……っえ？　ちょ、っとなっちゃ、ん……」

驚く里見君をよそに、私は厭《いや》らしい音を立てながら咥《くわ》えたものを丁寧に舐《な》めていく。慣れているとまでは言いがたい行為だけに自信はないけれど、握った手を動かしながら吸い上げるように口でしごくと、頭上からさっきよりも甘《あま》やかな吐息が漏れ聞こえてきた。

「ね、……いつも自分からはしないじゃん、そんなこ……と……ん、っ」

「……だって、されっぱなしじゃ、嫌だし」

私の頭に、彼の大きな手がふわりと乗せられた。気持ちがいいのか、時折乗せられた手の平に力が入る時、同時に口の中のものも存在感を増した気がした。

「っ……ごめん、ダメだもう」

里見君は猛りを引き抜き、私の腕を持ち上げて立たせると、シャワーを止めた。浴室の扉を開けてなにやらさぐっているなと思ったら、戻って来た彼の手には、ベッドでよく見る四角い袋。

「後ろ向いて」

そう言いながら、里見君は私をくるりと返した。後ろ側では、さっきのものをピリリと破いている音がする。

「そこの壁に手ついて、お尻はこっち」

言われるがままにシャワーの下に手をつくと、タイルの壁は少しひんやりとしていた。のぼせ気味だからか、その冷たさが今は気持ちがいい。そんな他愛もないことを思っているうちに、私のお尻に這わされた手がぬるりと秘裂に潜り込んだ
「ッ、ん……！」

「わ、さっきよりすんごいヌルヌル……どうして？」

少し、声が楽しげな気がする。どうしてか、なんて訊かれても、自分でもよくわからない。ただ、里見君の感じている声が嬉しくて、もっと感じてほしくて、夢中になっていたらそうなっていた、というだけだ。

里見君の指が、そのまますると花孔に滑り込む。奥まで入る前に戻され、また入れられ……と何度か往復を繰り返してから「ん、大丈夫そうだね」という声が聞こえた。

指が引き抜かれると、今度はもっと太いものが秘裂を割った。濡れそぼつ溝を少し往復した後、浅瀬で確かめるように軽く律動してから、ゆっくりと中まで侵入させる。

「っ、あ……ん、ん……っ」

きゅう、と膣《ちつ》内が締まるのが自分でもわかった。いつもとは違うシチュエーションのせ

いなのか、自分でも驚くほど感じてしまう。

「痛く、ない？」

「だいじょ……うぶ……ん、ン、んっ……あ……」

「な、っちゃん、あんまり締めつけないで……」

「そ、んなこと、言われても……ッ」

動かされるたび、確かに彼のモノをどんどん締めつけていると自分でも感じていた。そして、大波が来るのがいつもよりも早そうなことも。

あと一歩……あともう少しで来る、というところで、里見君はなぜかずるりとそれを引き抜いてしまった。

「ちょっとヤバかった……ごめん、体勢変えたい。なっちゃん、ここに片足上げて」

そう言いながら里見君は浴槽の縁を指差している。こんな明るい場所で、秘部が丸見えの恰好《かっこう》は恥ずかしい。躊躇《ちゅうちょ》していると察したのか、洗面所の電気だけをつけて浴室の電気を消した。

「これなら、気にならない？」

ぼんやりとした灯りに照らされた、里見君の上気した顔がやけになまめかしくて、胸がかき乱される。ああもう。そんな顔を見てしまったら、私が我慢できない。

少しの戸惑いはあったものの、こくりと頷《うなず》くと、里見君は私の腰を抱き、私の顔を見上げながらまたゆっくり挿入した。

「あ……ん、ん……っ、う……」

　声を出してはダメだとわかっているのに、どうしても抑えられない。無理やり手の甲を唇に押しつけてはみたものの、喉の奥で呻《うめ》いてしまう。

　こんな体勢でしてみて初めてわかったけれど、私は深いところよりも少し手前のほうに感じるポイントがあるらしい。あっという間にまた、波が押し寄せてくる。

「なっちゃんの感じてる顔、めっちゃエロい」

「な、なに、言って……んッ……」

「やっぱり、顔見ながらがいいな」

　そんなこと……言わないで。

「ねえ……」

「……っ、え？」

「……俺の名前、呼んでよ」

　上目遣いにねだられて、ドキリとする。

「ダメ……？」

「ダメじゃ、ないけど……」

「じゃ、呼んで」

　私が、本当に名前を呼んでも、いいの……？

「……レん、クン……」

躊躇しながらも呼んでみたけれど、照れくさいのと呼び慣れないのとで、発音がぎこちなくなってしまった。

「呼び捨てでいい」

「…………廉」

おそるおそる里見君の名前を呼ぶと、彼は満足そうに微笑んで、私に優しくキスを落とした。

「もっと呼んで」

「廉……あ……っ、ッん……！」

「もっと」

「レ……ン……ッ」

私が里見君の名前を呼ぶたび律動は激しくなって、同時に果てたあとはバカなことに、ふたりともすっかりのぼせ上がってしまっていた。

Act2:野良猫は甘えた声で鳴く

里見君と池尻ありさのドラマ出演が決まったことで、編集部内もにわかに慌ただしくなった。里見君の在籍している我が『Men's Fort』と、池尻ありさのいる『Bijoux』の合同企画で、彼らドラマキャストの特集ページを、急遽《きゅうきょ》八月初旬発売の九月号に差し込むことが編集会議で決定したからだ。

そして、よりにもよってその企画の担当には、この私が抜擢《ばってき》されてしまった。二誌合同企画のため、今回は金岡編集長も全面的にかかわってくるものの、『Men's Fort』側の企画をメインで進めていくのは当然私、ということになる。

企画書を見つめながら、私は思わずため息をついてしまった。

「なーに、ため息なんかついてんだ?」

隣に座っていた寺ちゃんが、ニヤニヤしながら私の顔を覗《のぞ》きこんでくる。

実は今、その打ち合わせの真っ最中——だったのだけれど、カメラマンに急用の電話が入り、彼が席をはずしたタイミングで『Bijoux』の編集長にも急ぎの連絡があったようで、ちょっと休憩にしましょうか、という話になった。

『Bijoux』側の編集者とスタイリストが別件の打ち合わせのために部屋を出ていき、金岡編集長と『Men's Fort』側のスタイリストがタバコを吸いに一緒に出て行ったので、ヘアメイクの寺ちゃんと私だけが部屋に残される形になった。だから、うっかり気を抜いてしまったのかもしれない。

「……ちょっと仕事が立て込んでて、疲れてため息ついちゃっただけ」

なんとなく言い訳じみてしまった。案の定、寺ちゃんは納得がいっていない様子で、まだ私の顔を覗きこんでいる。

「な、なによー」

「……いんや。本当は、この仕事がやりづらいからため息ついたんじゃねーのかなーと思ってね」

「……は？」

ドキリとする。

なにを言おうとしているのかと、寺ちゃんの目を見て探る。その間、動揺が顔に出ていやしないかと、内心ヒヤヒヤしていた。

「……まあ俺も、今回はちょっと……いや、かなりやりにくいし、不安」

核心には触れず、意外にも寺ちゃんは苦笑しながらそんなことを言った。もしかしたらこっちを揺さぶってから自分も少しだけ弱みを見せて、私から白状するのを待っているのかもしれない。

寺ちゃんは昔からこういう駆け引きがうまい。でも、その手に乗るもんか。

「なんでやりにくいの？　不安って？」

訊いてから、そういえば寺ちゃんは数カ月前に『Bijoux』の仕事を降りたんだったな、と思い出す。あの時は本人から、仕事が手一杯になってきたからだと聞いていた。特に揉《も》めたわけではなく、円満だったとも。

今回の企画には、今日は都合で同席できなかっただけで『Bijoux』側のヘアメイクさんも他の俳優の専属メイクさんもいる。だから、寺ちゃんが池尻ありさの仕事をすることはないと思うのだけれど、それでもなにかやりにくい事情があるのだろうか。

寺ちゃんが言い渋っているうち、扉が開いて『Bijoux』の編集長が会議室に戻ってきた。すぐに他の人達も戻ってきてしまい、結局寺ちゃんの言葉の意味も、寺ちゃんがなぜやりにくいのかも訊けないままになってしまった。

＊　　＊　　＊

仕事は定時で上がったものの、鞄《かばん》の中には確認しなくてはいけない書類が山ほど入っている。そのまま残業してもよかったけれど、毎日遅くまで職場に居続けるのは心が荒むだけだと、半ば強引に帰ってきた。

適当に用意した夕食を早めに済ませ、テーブルに書類を広げてチェックしているところに、今夜も野良猫はするりと夜を縫ってやってきた。

「俺、先にシャワー浴びてくるね」

私が仕事をしていたから気を利かせたのか、里見君はうちに来るなりそう言った。食事はドラマの現場で済ませたらしい。

「ああそうだ、今日はお湯溜《た》めて湯船に浸かっていいからね。ちゃんと浴槽の掃除もしてあるから。入浴剤使うなら、洗面所の引き出しの三段目に入ってる」

里見君は私に気を遣ってか、いつもシャワーしか使わない。それでは疲れも取れないだろうと、私は彼の後ろ姿に声をかける。

言ってから、ちょっと母親みたいな口調になってしまったなと、心の中で苦笑いした。

「あはは……わかった」

力なく笑って、里見君はふらりとバスルームに消えた。

「……大丈夫かな」

慣れない仕事で、相当疲れているのだろう。

里見君の様子も気になるものの、今は早く仕事を終わらせなければ、と私は目の前のことに集中した。

なんとか仕事も終わり、テーブルの上を片づけていると、里見君が頬を紅潮させてリビングに戻ってきた。のぼせ気味だったのか、エアコンの風がよく当たるところに立って「あー涼しー」と気持ちよさそうな顔をしている。

「お言葉に甘えて、お湯張らせてもらったよ。面倒で家でもシャワーだけだったから久々に入ったけど、やっぱりお湯に浸かるとリラックスできていいね。ありがとう」

「私も入りたかったし、むしろお湯溜めてもらって助かった。こちらこそありがとう」

感謝し合ったことに照れくささとおかしさ感じていると、里見君はなぜかニヤりと妙な笑みを浮かべた。

「そっか。なっちゃんは俺の入ったお湯に浸かるんだ」

ごく当たり前のことを言われて、頭に疑問符が回る。眉間に皺《しわ》を寄せながら首を捻ると、彼は少し俯《うつむ》き、なんとなく恥ずかしそうに言う。

「なんか……ちょっとエロいなって」

「な……なに言ってんの、変態っぽいよそれ」

恥ずかしくなって、思わずこれまで彼に対して言ったことのない言葉を発してからハッとする。

どうしよう。里見君は気を悪くしただろうか。

「俺、変態だもん。知らなかった?」

なに、その顔……かわいいんですけど。

少し口を尖らせて、ふて腐れたように言ってから意地悪に笑う里見君を、今すぐぎゅっと抱きしめたくなってしまった。

「そんなの、知らない……」

私はそう言いながら、逃げるように洗面所へと向かった。

「ああ……もう、無理……っ」

里見君の表情に身悶えしている私のほうが、よっぽど変態なんじゃないかと思う。

気を落ち着けようと大きく息を吐き出してから浴室の扉を開けると、ふわりと、ミルクのような甘い香りが鼻をくすぐった。

入浴剤、使ってくれたんだ。

里見君のファンからすれば、今の私の状況は夢のようだろう。SNSで里見君のことをパブリックリサーチしている時、彼と一緒にお風呂に入りたい、いや、入ったあとの湯船に浸かるだけでもいい、とか、そんな赤裸々な願望を垂れ流している呟きを見かけたこともある。

……と言っても私はもう、彼ともっとすごいことをしてしまっているわけだけど。

体を洗い終わってから、私は心の中で誰にというわけでもなくただ「ごめんなさい」と謝りながら、湯船に浸かった。

決して、優越感に浸っているわけじゃない。本当に私なんかが、こんな夢のような状況でいていいのかという、純粋に申し訳ない気持ちからだ。

里見君が妙なことを言ったものだから、お湯に浸かっている間、まったく落ち着かなかった。でも入浴剤入りの柔らかなお湯はやっぱり心地よく、心身の疲れを癒してくれる。

充分に体を温めてからリビングに戻ると、里見君はソファーで居眠りをしていた。セリフを頭に入れていたのか、テーブルの上にはドラマの台本が伏せて置かれている。

寝室から夏用のブランケットを持ってきて里見君にかけてあげると、彼はびくりと目を覚ました。

「んんー……、俺寝てた……?」

眼鏡をはずして、子供のように目をこすっている姿がかわいい。

思わずにやけそうになって、それを強引に嚙み殺す。

「寝てたよ。大口開けて」

「口は開けてなかったでしょー」

やんわり反論しながら、手に持っていた眼鏡をかけている。今日は普段あまり見かけない、べっ甲色の細いフレーム。これもまた、里見君によく似合っている。

「疲れているなら、無理してここに来なくてもよかったんじゃない?」

言ってから、しまった、と思う。

心配する気持ちが強すぎたせいか、意図せず少し、突き放したような言い方になってしまった。フォローしようか逡巡《しゅんじゅん》していると、里見君はふいに私の右手を摑んだ。

「……だって、会いたかったんだもん」

そんな甘えた声で言われると、どうしたらいいのかわからなくなる。

例えるなら、警戒心剝き出しだった野良猫が体を擦りつけてくるあの感じに似ている。

でもこちらが気を緩めて不用意に手を出せば、牙を剝かれてしまうかもしれないし、逃げていってしまうかもしれない。

私はこんなふうに、いつも正解を探っている。

「……ありがと。でも里見君の体が心配だから、無理はしないでね」

さらりと言えただろうか。

飲み物でも持ってこようかとさりげなく手を離そうとすると、里見君は握っていた私の手を強く引いて、無理やり自分の隣に座らせた。

「今日は俺がなっちゃんの髪、乾かしてもいい？」

「えっ」

「今、ドライヤー持ってくるから待ってて」

そう言うと素早く立ち上がり、里見君はあっという間に洗面所のほうへと消えていく。

私は暗闇の中の残像を、呆然《ぼうぜん》と見つめていた。

髪を乾かしたいとか、今までそんなこと一度も言ったことはなかったのに。なにか心境の変化でもあったのだろうか。

「お待たせー」

ドライヤーを手にしている里見君は、なぜか嬉しそうだ。

「ねえ、急にどうしたの……？」

「なにが？」

「だって、いつもそんなことしないのに」

「俺に乾かされるの、嫌？」

「そうじゃなくて……」

困惑している私に「じゃ、いいじゃん」と言いながら、テーブルの下の棚に置いてあった延長コードをコンセントに差し込み、いそいそと乾かす準備を進めている。

なにがどこに置いてあるかとか、もう随分と把握してるんだな、とふと思う。

里見君がここに来たのは今日で何度目だろう。私の中の均衡が崩れてしまいそうで、敢えて数えることはしていないけれど、ドライヤーをどこにしまっているかも、延長コードの置き場さえもわかるぐらいには、この家で一緒に過ごしている、ということだ。

そんなことをぼんやり考えているうちに準備はできたらしく、私を座らせようとしている床には、丁寧にクッションまで置いてくれていた。

「座って」

少し緊張しながらそれに腰かけると、里見君は私のちょうど真後ろになるようソファーに腰かける。

「もっと、体こっち」

後ろから、両肩に手がかかる。引き寄せられ、背中がソファーに当たると、体が里見君の両足に挟まれた恰好になった。

……これは、余計に緊張する。

「じゃ、乾かすよ」

ごう、と音がしたと同時に、風で髪が踊る。サラサラと頭を撫でる里見君の手が、思いのほか気持ちがいい。普段、自分が人から乾かされ慣れているせいなのか、里見君は意外にも乾かすのがうまい。

……誰かにも、そういうことをしているから、だったりして。

首をもたげたネガティブの影が、スッとあの彼女の顔に変わる。

「なっちゃん、ちょっと頭下げて」

「あ……はい、すみません」

「ははっ、なんで謝るの」

背中越しに、楽しそうにしている空気が伝わってくる。人の髪を乾かすことのなにがそんなに楽しいのかわからないけれど、里見君が楽しんでいるのならそれでいい。

「……ねえ。頭、まだ戻しちゃだめ？」

下を向いているのがそろそろ窮屈に感じて、少しだけ左後ろを向いて訊いてみるも、「まだだめ」と、すぐ両手で頭を戻されてしまった。

首筋に当てられた冷風が、火照った体に気持ちいい。私の後頭部の髪を真上に掻《か》き上げるようにすると、里見君はなにを思ったのか、いきなりうなじにつぅ、と指を這わせた。

「ひゃ……っ」

「感じた？」

距離が近いからか、クスクスと小さく笑った声までドライヤーの音で掻き消されることなくはっきり耳に届いた。

「だ、だっていきなりそんなとこさわるから……」

頭にふわりと、風とは別の感触がしたかと思えば、明らかにさっきと違う柔らかなものが首に当たった。

吸われたのか、ちりっと、微かな痛みを覚える。

「……こんな間近でうなじなんか見せられたら、さわりたくなるに決まってるでしょ」

囁かれた声は、耳のすぐそばで聞こえた。

風が止まり、ことりと床に置かれたドライヤーを視界の隅にとらえたのも束の間、後ろから伸びてきた手が私の顔の向きを変える。

「……っ」

大分窮屈な体勢だろうに、里見君は初めから深く口づけてくる。

口内には、私の歯磨き粉とは違う、ミントの味。少し、甘い。

「……ね……っ」

「……ん？」

「台本……覚えようと、してたんじゃないの……？」

キスだけじゃ終わらない気配がして、止められなくなる前に里見君に問いかける。

「もう、大体覚えた」

「大体って……ンっ……ぅ」

「大丈夫だよ」

本当だろうか。

彼の、仕事の邪魔にだけは、なりたくない。

「髪も乾いたし……ベッド、行く？」

彼のことを思うなら、断ればいい。

そう思いながらも、拒んだらもうここに来てくれなくなりそうで頷いてしまった。

それに――。

「素直……かわいい」

そう言って破顔すると、里見君は私の頭をぐしゃぐしゃとする。

こんな顔を見せられてしまったら、どっちにしても拒めるわけがない。


その晩、里見君はうちに泊まった。

彼は来れば必ず泊まるというわけではなく、仕事が朝早かったり、マネージャーが家まで迎えに来たりする時は、たとえ深夜であっても自宅に帰っていく。

私は里見君の寝顔を横目に上半身を起こし、足をベッドから床におろした。どうやらその振動で里見君を起こしてしまったようで、うーん、と言いながら彼は隣で伸びをしている。

「……おはよ」

かなり眠いのか、目が半分しか開いていない。

「おはよう。まだ六時だから寝てて大丈夫だよ」

立ち上がろうとすると、後ろから腰の辺りに抱きつかれた。

「なっちゃんも、まだいいでしょ」

私の出勤時間は午前九時半で、里見君は撮影の現場には十時までに入ればいいらしい。確かに少しぐらいなら大丈夫だけれど、このパターンはいつも結局、あとで時間に追われることになってしまう。

「私は朝ご飯作るから、起きるよ」

それでも里見君の手は私の体から離れてはくれず、私は仕方なく腰に巻きついている腕を強引に引き剥がした。

寝室を出る前に振り返れば、ベッドの上の里見君は口をへの字に曲げて不満そうだ。その顔がなんだか子供じみていて思わず笑ってしまった。

朝食を作り終え、里見君を呼ぼうかと思っていると、匂いに釣られたのかちょうどいいタイミングで彼はリビングに姿を現した。

ふたりで食事を済ませ、各々出かける準備をする。

先に洗面所を使っていた里見君から声をかけられて、入れ違いで私は洗面所へと向かった。コップに水を溜めながら、目の前を見る。洗面所の棚はいつものように、隙間が空いていた。今朝もなにひとつ、表情を変えてはいない。

里見君は、泊まるために必要なものを持ってきては、すべてそのまま持ち帰っている。毎回大変だろうと思うのに、使ったものは綺麗さっぱり、ここから持ち帰ってしまう。置いていってほしいなら、それを伝えればいいだけのことだとわかっている。

簡単なことだ。

でもその一言が口から吐き出せないまま、ここまできてしまっている。

「撮影スタジオまでは少し距離があるから、今日は俺が先に出るよ」

ふたりとも準備を終えてリビングに腰を落ち着けたところで、里見君はそう言った。

万が一のことを考えて、このところ時間差で家を出ることにしている。里見君も売れてきているし、週刊誌の記者が張っていないとも限らないと私が言い出したことだ。

「気をつけてね。撮影、頑張って」

「うん、ありがとう」

里見君は玄関で伊達眼鏡をかけ、帽子を被った。

「じゃ」

扉がパタリと閉じられる。

次はいつ、里見君に会えるだろうか。

きっと、次に会うのは仕事の現場だろうなと思いながら鍵をかけようとすると、がちゃりと扉が開いて心臓が飛び出そうになった。

「び、びっくりした……忘れ物？」

里見君はするりと家の中に体を滑らせる。

「うん。大事なもの忘れた」

そう言って、いきなり私の頭を引き寄せ、キスをした。

「な……」

「大事、でしょ？」

不意打ちを食らって、顔が熱くなってくる。里見君は、してやったり、と言わんばかりの笑顔を見せてから、深く口づけた。

……落ちにくい口紅を塗っていてよかった。

「じゃ、今度こそ」

こんなことをされたら、余計に離れがたくなってしまう。私は胸が詰まって声が出せず、ただ里見君の言葉に、急ごしらえの笑顔で頷いてみせた。

「行ってくるね」

気がつけば閉まった扉を見つめながら、私はしばらく玄関に立ちつくしていた。

『行ってくるね』

里見君の声が、頭の中にこだましている。

これを約束の言葉ととらえるのは、かなり虫が良すぎる話かもしれない。

でも。

「……行ってらっしゃい」

もう誰もいない玄関に向かって、私は小さくその言葉を呟いた。

朝にあんなことがあったものだから、私は仕事場に着いてもどこかふわふわした心地のままでいた。そのうち無意識に鼻歌でも歌い出してしまいそうで、ひとつ、咳払《せき》いをして気を引き締める。

仕事のメールをチェックしていると、電話を終えたらしい金岡編集長が私をデスクに呼んだ。

「急で悪いが、午後からドラマの現場に陣中見舞いに行くことになった。『Bijoux』サイドも一緒に行く」

「えっ、今日いきなり、ですか……？」

「どうもスケジュール的にこれからロケが多くなるらしくて、時間が取れそうなのが今日ぐらいしかないらしい。伊吹の午後のスケジュールはどうなってる？」

「ちょ……ちょっと待ってください」

いいことのあとには悪いことが、とはよく言ったものだ。

でも、これは仕事。

その言葉を何度も心の中で繰り返すたび、胸の奥がキリキリと音を立てる。

デスクに置いていた手帳を捲《めく》って、今日のスケジュールを確認する。午後に一件打ち合わせが入っているけれど、社内の打ち合わせだから変更は可能だ。

いっそ、重要な会議でも入っていればよかったのに。

私は恨めしく手帳の文字を見つめながら、金岡編集長に「大丈夫です」と返事をした。

さっそく『Bijoux』の担当に連絡をして、持って行く差し入れが被らないように打ち合わせをする。

向こうは老舗和菓子店『七番星《ななばんぼし》』のフルーツ大福にするらしい。こちらはなんにしようと考えて、ふといつだったか里見君が「食べてみたい」と言ったお菓子のことを思い出した。


「スケジュールがきついところ、貴重なお時間を頂戴してすみません」

現場に着いてすぐ、私たちはタイミングよく監督とプロデューサーに挨拶することができた。

金岡編集長に続いて、私たちも頭を下げる。

「いえいえ、こちらこそ誌面でもドラマの宣伝をしてもらえるということで、ありがとうございます」

名刺交換や、そんな儀礼的な会話を交わしているうち、セットの隅から里見君が姿を現した。

「あ、来てくださったんですか！」

私たちを見るなり、里見君は嬉しそうな声を上げた。

次に会うのは仕事の現場だろう、とは思ったけれど、さすがにこんな形ですぐに会うことになるとは思ってもみなかった。

つい今朝のことを思い出して、顔がにやけそうになってしまう。

「これ、よろしかったらみなさんで……」

『Bijoux』の担当が差し入れを監督に渡したタイミングで、こちらもお菓子の袋を差し出す。プロデューサーに渡そうとしたのだけれど、立ち位置的に里見君のほうが私に近く、促されて彼が受け取る形になった。

「あれ、これってもしかして、『Queue《キュー》』の……？」

「ストロベリーシャンティです。おいしいと評判だったので、皆さんでよかったら」

『Queue』とは有名なチョコレートの高級ブランド。このストロベリーシャンティはメレンゲクッキーの上に苺《いちご》とクリームが乗っていて、それをチョコレートでコーティングしたお菓子だ。

以前、里見君と一緒にテレビを観ていた時に、彼が食べてみたいと言っていたのがこれだった。人気商品だけに手に入るか心配だったけれど、どうにか確保できた。

里見君がなにか言いたそうな顔で、一瞬だけ私に向かって微笑む。が、すぐに「差し入れまでありがとうございます」とこちらサイドに向かって深々と頭を下げた。

「ストロベリーシャンティ、おいしいですよね。ありがとうございます」

そう言いながら、満面の笑みで横から姿を現したのは、池尻ありさ。

会うことになるのはわかっていたけれど、いざ目の前にすると心臓が絞られたようにきゅっとした。

「『Bijoux』さんからは、大福をいただいたよ」

監督がそう言うと、池尻ありさは監督のほうへと歩いて袋の中を覗き「あっ、私の好きな七番星のフルーツ大福だ。ありがとうございます！」と大喜びしている。

彼女が移動した時、ふわりと香ったのは、シャンプーのようなごく淡い香り。香水の匂いを下品にまき散らすようなことをしていないところがまた、トップモデルらしく感じる。

「そういえば、『Men's Fort』さんと合同で撮影するんでしたよね？」

「そうそう、ドラマの撮影で大変なところ急遽申し訳ないんだけど、お願いね」

池尻ありさと『Bijoux』の編集長の会話をぼんやり聞いていると、池尻ありさは急に里見君のほうを向いた。

「廉君とは以前にも何度か一緒に撮影した経験があるし、今回は蘭ちゃんとも一緒にモデルのお仕事ができるからすごく楽しみです。ね、廉君」

里見君は困惑した表情を見せるかと思えば、意外にも「そうだね」と少し笑みまで浮かべながら答えている。

……当たり前のことだ。ここで妙な素振りを見せられないことぐらい、わかっている。

それでも、私の心の中にはささくれほどの引っかかりができてしまった。

少し時間をいただき、監督やプロデューサーへの取材を終え、実際の撮影現場を見学させてもらう。

「彼らが演技している写真も撮りたいでしょう」との監督の計らいで、通称『ドライ』と言われるリハーサルの時に、写真を撮らせてもらえることになった。

この場にプロのカメラマンはいないので、もちろん撮影するのは私ということになる。

鞄からカメラを取り出していると、里見君がニコニコしながらこちらに近寄ってきた。

「伊吹さんが写真撮るんですか？」

「そうだよ」

「大丈夫かなぁ。金岡さんが撮ったほうがいいんじゃないですか？」

里見君は私をからかって笑っている。

「失礼ねー。私だってそれなりには……」

反論していると、金岡編集長が私の手からカメラを取り上げた。

「廉の言うことも一理ある。今日は俺が撮る」

「えー、編集長まで……」

ふたりがひとしきり笑い、それがおさまったタイミングで金岡編集長が『Bijoux』の編集長に呼ばれてしまった。

急に里見君とふたりきりにされて、戸惑ってしまう。

……と言っても本当にふたりきりではなく、周りにはスタッフが慌ただしく動き回っているけれど。

里見君は仕事の打ち合わせをするような素振りで、私の横に並んだ。

「ファインダー越しじゃなくて、しっかりその目で俺の演技を見ててよ」

里見君は顔を正面に向けたままでそう言った。

囁くような声が、余計に胸を騒がせる。

もしかして、金岡編集長が写真を撮ったほうがいいと言ったのは、最初からそれが目的で……？

「伊吹さんには、ちゃんと見ていてほしい」

そう言い終わると、里見君はセットの中へと戻っていってしまった。

周りに聞こえるかもしれないことを考えて『伊吹さん』呼びしたのかもしれないけれど、それが仕事モードの言葉じゃないことぐらいはわかる。

まだ、心臓が煩く音を立てている。気がつけば、心の中のささくれはすっかり消えていた。我ながら単純すぎるな、と自嘲する。

打ち合わせのあとすぐに、リハーサルが始まった。どうやらこれから撮るのは、里見君と主役の山岸蘭のふたりだけのシーンのようだ。

山岸蘭は子役出身ということもあって、さすがといったところ。そして里見君はといえば、初めてながらもしっかり役に入り込んでいるように見える。

やっぱり、里見君は役者の素質もあるのではないかと思う。もしかしたらこれを機に、彼は大きく羽ばたいて行ってしまうかもしれない。

勝手に寂しく思いながらも、私は里見君に言われたとおり彼の演技をしっかりと目に焼きつけていた。

陣中見舞いを終えて、『Bijoux』のスタッフとテレビ局の前で別れてから時間を確認すると、ちょうど午後五時になるところだった。

「伊吹、どうかしたか？」

「……えっ？」

「いや、テレビ局を出るぐらいから、考え込んだような顔してるから」

金岡編集長からいきなりそんなことを言われて、ドキリとする。

相変わらずこの人は、鋭い。編集部の誰かが悩んでいると、いつもいち早く気づくのは決まって編集長だ。この人の前では、ある意味嘘がつけない。

「そうですか？　今日の取材内容を頭の中でまとめてたんで、そんな顔になっちゃってたのかな」

あはは、と笑ってみせる。嘘をつけない人に、嘘をついてしまった。でもおそらく、金岡編集長は私の嘘を見抜いていそうな気がする。

実は局を出る前にひとつ、気にかかる出来事があった。

最後に里見君と池尻ありさに挨拶をした時、一瞬ではあったけれど、池尻ありさに睨まれた……ような気がしたのだ。

やり取りをしている中で、私がなにか彼女の気分を害すようなことを言ってしまったのだろうか。でも何度考えても思い当たるふしはない。そもそも睨まれたように感じたこと自体、私の気のせいだったのかもしれないと思いながらも、引っかかってしまう。

まさか、里見君とのことが彼女に知られてる……？

「伊吹、このあとの予定は？」

「……え？　はい、ええと、今日の取材したものを編集部に帰ってまとめて……あと他にも原稿をいくつか」

「打ち合わせはないな」

「はい」

「じゃ、先に飯でも食いに行くか」

めずらしく金岡編集長に食事に連れていかれた場所は、おいしいと評判のラーメン屋。次から次へとお客さんが来るのでゆっくりはできないなと、ラーメンが運ばれてきてからは食べることだけに専念した。

やはり、金岡編集長には見透かされていたのだろう。

おかげで醤油《しょうゆ》味のラーメンを食べている間は、池尻ありさのことを考えずにすんだ。

＊　　　＊　　　＊

「――お疲れ様です」

「いつも遅くまでお疲れさんだねー」

人当たりのいい警備のおじさんと他愛ない会話をして、会社を出たのは午前一時過ぎ。

さすがに終電は終わっていて、会社の前まで来てもらったタクシーに乗り込む。

行き先を告げたあと、私は何気なく窓の外を見た。

漆黒の空に輝く、銀色の月。完全な丸、というには少し足りない歪《いびつ》な形。

ふと、いつかの夜のことを思い出す。あの日も、こんな月の綺麗な晩だった。


『Men's Fort』の仕事に関係している人たちみんなで、新年会をした時だ。自分で飲んだのか、誰かに飲まされたのか、一次会の時点で里見君は泥酔に近いぐらいに酔っぱらっていた。

『悪いけど伊吹、廉を家まで送ってやってくれないか』

私が里見君にお水を飲ませていた流れで、金岡編集長からその役目を仰せつかった。

いつもなら、こういう飲み会の時にはマネージャーも同席するのだけれど、その夜はたまたま里見君のマネージャーの都合がつかず、彼はひとりで参加していた。

ふたりでタクシーに乗りこみ、里見君に家の場所を訊くと彼はこう言った。

『伊吹さんの家って、ここから近いですか？』

私はそれを聞いて〝もしかしたら彼は、身体的に切羽詰まっているのかも〟と判断した。

『ここからだとメーター三つぶんぐらいかな』

そう答えると里見君は『俺の家より近い』と言いながら力なく笑って、『伊吹さんの家に寄ってもいいですか』と、彼は都合を聞くというよりほぼ決定事項のように言った。

私が彼を家にあげたのが親切心だけだった、とは言わない。女にだって、下心はある。この人とならどうにかなってもいいかなと思った相手じゃなかったら、適当な理由をつけて家にあげることはなかったと思う。

そしてやはり、というか、意外にもというか、あの晩里見君と私はそういう流れになってしまった——。

里見君は酷く酔っていたし、若さゆえの欲求ってだけで、あの日限りになるだろうと思っていたことは、思いがけず長く続いている。ただ、今も続いているのかと言えば、よくわからない。

財布を取り出そうと鞄を開け、そういえばプライベート用のスマートフォンをチェックしていなかったなと、それも一緒に取り出した。ロックを解除してみると、チャットアプリへのメッセージが一件。

里見君からだった。

『差し入れありがとう。ストロベリーシャンティめちゃめちゃうまかった！』

その下にはストロベリーシャンティの画像と、人相の悪い猫がハートを飛ばしながら喜んでいるスタンプが押されていた。この猫は、里見君の最近のお気に入りキャラだ。

そして、ふきだしはもうひとつ。

『今度はなっちゃんも一緒に食べようね』

「――あの看板の少し手前でいいですか？」

「……えっ？　あ……はい、大丈夫です」

運転手の声で、一気に現実に引き戻される。きっと、バックミラーに映った私の顔は盛大ににやけていたに違いない。

私はタクシーを降り、月を見上げた。

満月は、あと何日先だろう。

Act３：野良猫は鈴をつける

「では改めまして、かんぱーい！」

私は今、和香さんとヒロコちゃんと一緒に、出版社から二駅先の居酒屋に来ていた。

親睦会の時に和香さんが言った『今度三人で飲みに行こう』というお誘いが本当に実現するとは、正直なところまったく思っていなかった。

なんせ出版業界の仕事は残業も多いし、イレギュラーなこともよく起きる。事前に時間の都合をつけるのは至難の業で、おかげでこの仕事を始めてからというもの、連絡を取り合う友達もめっきり減ってしまった。

この居酒屋は全室完全個室で「内緒の話も、し放題！」とヒロコちゃんが選んでくれた場所。

私たちはグラスビールを飲みながら、しばし親睦会の時の話に花を咲かせた。私が金岡編集長に呼ばれてクライアントと挨拶を交わしていた間も、いろいろと面白い話があったらしい。

「あとはー……あっそうだ、『週刊エメラルド』の南村《みなみむら》さん、ついに会社の事務椅子三つめ壊したらしいよ」

　和香さんはそう言って大笑いしている。

『週刊エメラルド』の南村さんはたくさんの面白エピソードを持っている人で、以前の編集部にいた時にも、よく話題にのぼっていた。

　私は懐かしさに浸りながら、冷やしトマトを齧《かじ》る。ビネガーにでも漬けてあったのか、ほどよい酸味と甘みがトマトの味に合っていておいしい。

「そういえば里見君のドラマって、もう撮影始まってるみたいだね」

　クリスピーピザをつまみながらヒロコちゃんが唐突に口に出した話に、心臓が跳ねた。

「……ああ、うん。この間、編集部で陣中見舞いに行ってきたよ」

　私がそう言うと、ヒロコちゃんは身を乗り出した。

「で、どうだった？　里見君とありさちゃんの様子は」

「んー……普通に見えたかな。少なくとも、ふたりの間に妙な空気は漂ってはいなかったと思う」

　私が撮影現場に行った時は里見君と池尻ありさの絡みのシーンはなく、挨拶の時の様子しか知ることはできなかったけれど、きっとああやって何事もなかったようにお互い大人な対応をしているのだろう。

　池尻ありさの様子を思い出したら、私を睨んだような顔をしていたことまで思い出してしまった。

嫌な記憶を、もう一度トマトで喉の奥に流し込んでやる。

「彼らもそのへんはきちんと割り切ってるのかもね」

和香さんの言葉にヒロコちゃんは「うーん……」と曖昧な返事をする。

「一応、あれから私もモデル仲間にそれとなく訊いてみたんだけどー……」

さすが情報通のヒロコちゃん。毎度抜かりないなと感心する。

「『Bijoux』でありさちゃんと一緒の子にもたまたま訊けたんだけどね、その子も今回の共演が気になってたらしくて、彼女に思いきって『一緒で気まずくない?』って訊いたんだって」

「それでそれで?」

今度は和香さんが身を乗り出している。

「そしたらありさちゃん『えー、全然』って、言ってたらしい。それを聞いて私も思い出したんだけど」

ヒロコちゃんはお手拭きで指先を拭いながら続けた。今日も素敵なネイルが眩《まぶ》しい。

「そういえばありさちゃんって、前からそういう子だったかもなって。なにかあると周りも巻き込んで大騒ぎするんだけど、それが落ち着くと周りにも当事者にも、何事もなかったように振る舞うというか」

「えー……」

和香さんの眉間には皺が寄っている。

「でも彼女はいわゆる天然っていう感じでもなくて、計算してやってるような気がするんだよね。ある意味、したたかなのかも」

それを聞いて、今まで頭に思い描いていた彼女のイメージとは、明らかに違った印象を受けた。モデル業界は華やかな舞台の裏側で、熾烈《しれつ》な生き残り競争を強いられているところがある。特に女性は、それが顕著な気がする。なんの計算もせずふわふわ浮足立った人間が、人気モデルの地位までのぼりつめられるほど、甘い世界じゃない。

「もしかしたら里見君はつき合ってた時、かなり振り回されたんじゃないかなぁ。こう言っちゃなんだけど、里見君は彼女と別れられてよかったのかもしれないね」

私はヒロコちゃんの言葉を聞いて思い出した。

「そういえば、ありさちゃんが里見君と二股かけてた相手って、誰だったの……？」

親睦会の時、和香さんに聞きそびれてからずっと気になっていた。

「あっ、そうか。その話をする前に伊吹が編集長に呼ばれちゃったんだっけ」

和香さんは「どうしようかなー」と言ってビールを喉に流し込んでいる。ヒロコちゃんも「ふふふ」と笑みを浮かべて、エビとアボカドのピンチョスを頬張った。

「ちょっと、ふたりとも意地悪しないで教えてー」

焦った声で訴えると、ふたりは大声で笑った。

「ごめんごめん、伊吹のかわいい顔を見てたら久々に意地悪したい気分になっちゃって」

「意地悪しなくていいですよぅ」

「伊吹は素直だからつい、からかいたくなっちゃうんだよね」

私の隣に座っていた和香さんはそう言ってひとしきり笑ってから、こちらに向き直った。

「伊吹は知ってるよね、ヘアメイクの寺嶌さん」

さらりと言われた言葉が信じられず、絶句する。

いや、もしかしたら聞き違いかもしれない。

「……伊吹？　おーい」

「あ……ご、めんなさい。あまりにも意外な名前を言われたから、驚いちゃって……」

「だよねー。私も知った時は驚いたもん。寺嶌さんは遊んでそうではあるけど、彼女を相手にするような感じじゃなかったからさぁ」

やはり、聞き間違いではなかったらしい。

気持ちを落ち着けるため、私は傍らに置いていたシャンディガフをひと口喉に流し入れた。

「ただ、この話は本人に確かめたわけじゃないし又聞きだから、実は信憑性はあやしいんだけどね」

ヒロコちゃんの言葉を聞いて、私はふと打ち合わせの時の、寺ちゃんとの会話を思い出した。

『今回はちょっと……いや、かなりやりにくい』

以前、寺ちゃんに池尻ありさではない彼女がいたことは知っているけれど、池尻ありさとの話はいつ頃のことだろう。

でももし、いつの頃か池尻ありさとつき合っていて仮に別れたのであれば、あの言葉の意味は『別れた元カノがいて気まずい』とも受け取れる。まだつき合っているのだとしたら『彼女との仕事はやりにくい』というのも頷ける。さらに、寺ちゃんが里見君のことも知っていたなら、気まずいのはなおさらだ。

寺ちゃんが『Bijoux』の仕事を降りたのも、池尻ありさ関係で、だとすれば、話の信憑性はかなり高いということになる。

しかし、ごくごく身近な人間がふたりも池尻ありさにかかわっていたかもしれないなんて考えてもみなかったことで、まだ心の整理がつかない。

私は胸のモヤモヤを流すように、残っていたシャンディガフを一気に飲み干した。


翌日の夜、里見君はうちにやってきた。

今回はちゃんと『撮影が早く終わったらそっちに行こうと思うんだけど、大丈夫？』と、私の都合を聞くメッセージが送られてきていた。

毎日会社と家との往復で、はなから予定なんてものはないので『大丈夫』と送ろうとして、私は少しだけ勿体《もったい》ぶってそれに『多分』を付け加えて送っていた。

「なんか飲む？」

「うん」

「冷たいのでいい？」

「むしろ、冷たいのがいい。あっつい」

晩ご飯はテレビ局で出されたお弁当を食べたとのことで、お腹いっぱいのところにグリエもどうかと思い、作り置きしていたお茶をコップに注ぐ。

「水出しのブレンドティーにしたけど、よかった？」

お茶をテーブルに乗せると、里見君はグラスをまじまじと見つめた。

「酸味が強くなければ」

「酸っぱいのは苦手だもんね。これは酸味もないし、飲みやすいと思うよ」

以前、私が飲んでいたローズヒップティーを里見君がひと口飲んで顔を顰《しか》めたことがあった。あれから自分用にもローズヒップティーは買わなくなってしまっている。

「俺の好みを覚えててくれるよね、なっちゃん」

「それは……まあ。『Men's Fort』の編集者でもあるし」

正直に言えばいいものを、なんとなく恥ずかしくて仕事と結びつけて言ってしまった。

里見君は「そっか」と微笑みながら言って、グラスに口をつけた。

「あ、うま」

ふた口目を呑み込んでいる様子にほっとして、私もグラスに口をつける。

シャワーを浴び終わったところだったから、リビングのテレビは消えたままだ。なんとなく落ち着かなくてリモコンを手にすると、なぜか里見君にその手をとめられた。

「……あのさ。今日は台本の読み合わせにつき合ってくれないかな、と思って」

「えっ、私が？」

あらかじめ私の都合を聞いたのは、もしかしたらそういう理由からだったのだろうか。

なんにせよ、私が演技などできるはずがない。困っていると、里見君が笑い出した。

「大丈夫、なっちゃんに演技力は求めてないから」

里見君はそう言って、私に台本を手渡す。

表紙には『そんな恋などどこにも転がってない』というタイトル文字と、少女漫画的なイラストが書かれている。

ドラマのタイトルは当然知っていたものの、この文字を見て改めて、これは恋愛ものなんだなと、はっきり認識させられた。

見れば、台本の端にはたくさんの付箋が貼られている。

「その、黄色い大きな付箋が貼ってあるページからお願いします」

里見君は私に向かって丁寧に頭を下げた。

ページをめくると、冒頭には〝シーン10　アパート前〟と書かれている。

「なっちゃんには山岸蘭ちゃんの役をやってもらいたいんだ」

「ええと……この〝ひより〟って書いてあるところだよね？」

「そう」

里見君は〝ミツジ〟という役名だ。ぎこちないながらも、私は〝ひより〟の台詞を読んでいく。

感情を込めて読んだほうが里見君にとってはいいのだろうけれど、恥ずかしさが先に立ってどうしても棒読みになってしまう。彼はそんな私を笑ったりせず、真面目に演技を続けている。台本はもうすっかり頭に入っているようだった。

「〝こんな時間からお出かけですか〟」

「〝そういうあんたも、今日もコンビニ飯ですか〟」

どうやら、このひよりと里見君扮《ふん》するミツジは同じアパートで、しかも隣同士という設定らしい。おそらく最初はいがみ合っていて、あとから恋愛関係に発展するパターンなのだろう。

「〝独り暮らしでひとりぶんのご飯を作るのは不経済だからそうしているんです。ほっといてください〟」

「〝じゃ、俺のぶんも作れば？〟」

「〝はあ？〟」

あまりの不遜な台詞に、思わず「はあ？」という台詞に感情がこもってしまった。

里見君は少々驚いた様子でこちらを見た。でもすぐに〝ミツジ〟の顔へと戻る。

「〝カレーとか、唐揚げもいい〟」

一瞬、台本から目を離してしまったからか、行を見失ってしまった。その台詞がどこに書かれているのかわからなくて、必死で探す。

「〝唐揚げはニンニクが入っていないほうが助かる〟」

「ごめん、ちょっと行を見失っちゃって……それってどこに書いて――」

「〝カレーはひき肉と薄切り肉が入ってるやつね〟」

「――えっ？」

驚いて台本から顔を上げると、里見君はいたずらっこのような笑みを浮かべていた。

「でも俺、なっちゃんの作るものはみんな好き」

そう言って里見君はこちらに両手を伸ばし、私を引き寄せる。

――〝好き〟

里見君の口から、初めて聞いた気がする。

インパクトの強いその言葉は、あっという間に私の心の水面をゆらゆらと揺らしていく。

ふわりと抱きしめられながら、私は彼の言った『好き』だけがひとり歩きしないように
と何度も戒めていた。

*　　*　　*

九月号の締め切りまで二週間を切った金曜日の今日、『Bijoux』側との最終打ち合わせが行われた。和香さんたちにあの話を聞いてから初めて寺ちゃんと顔を合わせたのだけれど、やはり寺ちゃんはこの企画の話をしている間、浮かない顔をしている……ように見え

る。そう見えるだけなのか、本当にそうなのかは、もう余計なフィルターがかかった今ではわからない。

「これ、土産」

打ち合わせが終わると、寺ちゃんは私に紙袋を差し出した。上から覗いてみれば、瓶が二本入っている。

「ありがとう……これ、ワイン？」

「この間、仕事がらみで岩手のワイナリーに行ってきたんだ。一本は兄貴にわけてやって」

言われて、そういえばしばらく兄に会っていない、と気づく。

「じゃ、お疲れ」

「あ……お疲れ様、です」

あの話を寺ちゃんに訊いてみようかと思ったけれど、コソコソ訊くのも他の人に変に思われるだろうし、寺ちゃんだって人の目があるところでプライベートな話はしづらいだろうとやめてしまった。

近々兄貴も誘って、ワインのお礼も兼ねて寺ちゃんと久しぶりに飲みにでもいこう。

「伊吹」

今日の打ち合わせは『Men's Fort』の会議室で行われていた。テーブルを拭き、汚れたクロスを絞っていると、デスクに戻ったと思っていた金岡編集長が給湯室に顔を出した。

「そろそろ終業時間だけど、このあとなにか仕事残ってるか？」

「えーと、ドラマ関連で一件連絡しなくてはいけない用件があるのと、原稿がふたつほど……ですかね」

「原稿は急ぎのものか？」

「まあ、急ぎと言えばそうですけど……」

金岡編集長は眉間に皺を寄せて「うーん」と唸《うな》っている。なにか他に仕事を言いつけようとしているのなら勘弁してほしい。

しばし額に手を当てて唸っていた金岡編集長は、よし、と言って顔を上げた。

「その原稿はあとで手伝ってやるから、今夜はちょっと俺につき合え」

「……はい？」

「なんだ、プライベートの予定でもあるのか？」

「い、いえ……特には」

突然のことに困惑している私の様子など構うことなく、金岡編集長は続ける。

「じゃ、仕事が終わったら一階のロビーで待ち合わせな」

「……わかりました」

そうは言ったものの、私はいったいどこにつき合えばよいのだろう。

急いで仕事の連絡を済ませ、とりあえず書かなくてはいけない原稿の資料などを鞄に突っ込むと、挨拶も早々に編集部を出てきた。

金岡編集長はすでに一階のロビーで私を待ち構えていた。

「タクシー呼んどいた」

「え、あ……はい」

ますます、どこに行くのだろうかと疑問に思いながら、ふたりで会社の目の前に止まっていたタクシーに乗り込む。

金岡編集長は運転手に飲み屋街の名前を告げた。

「あの……飲みに行くんですか？」

異動してから一年。その間、金岡編集長とさしで飲みに行ったことは一度もない。

いったいどういう風の吹き回し？　もしかして、行った先に誰か他の人がいたりするとか……？

なるほど接待的なものかもと、心の中でため息を漏らしそうになっていると「ああ、決起集会だ」という、思ってもみなかった答えが来た。

「決起集会……ですか？　ドラマ関連の？」

「そうだ……嫌か？」

「……いえ、そんな」

『集会』というのなら、なぜさっきまでいた寺ちゃんを誘わなかったのだろう。それとも打診していたけど、都合がつかなかったのだろうか。

そんなことが頭に渦巻いているうち、タクシーは飲み屋街の入り口に到着した。通りを少し歩いて金岡編集長が「ここだ」と言ったお店は、こじゃれた焼鳥屋。扉を開けると細い通路があり、床に埋め込まれた間接照明がしっとりとした大人の雰囲気を醸し出している。

　まだ早い時間だったからか店内は客がまばらで、なんだか余計に緊張してきてしまった。金岡編集長は偉ぶらず話しやすい人ではあるけれど、仮にも編集部のボス。この間のラーメン屋ならいざ知らず、さしで飲むなんて、これが緊張しないわけがない。

　私たちが通されたのは、ライトアップされた庭の見える窓際の良席。デートじゃないのが少々申し訳なくなってくる。

「お疲れ」

　まずは、ビールで乾杯する。アルコールを喉に流し込んだら、少しだけ緊張がほぐれた気がした。

　焼鳥屋の店内は木の温もりを生かした落ち着いた色味で、外観もおしゃれだとは思っていたけれど、とてもここが焼鳥屋とは思えない雰囲気だ。

　こんな素敵なお店を知っているなんて、さすがモテると噂の金岡編集長だなと思いながら、私は編集長おすすめの梅肉の乗ったささみを頰張った。

「おいしい……」

「鶏もさることながら、梅肉もうまいだろ」

　そう言って満足そうに微笑んだ顔は、普段から見慣れている私をもドキリとさせる魅力がある。噂だけではなく、この人は本当にモテるのだろう。

金岡編集長はバツイチだと、以前誰かが話していたのを聞いたことがある。二十代の頃に結婚して、すぐに離婚したとかなんとか。そんなあやふやな情報だから、当然、離婚の原因までは知る由もない。

歳はたしか、三十八歳。顎髭を生やしてはいるけれどワイルド系というわけではなく、今流行りの〝モテ系おしゃれ髭〟といった雰囲気。黒縁の眼鏡もそのモテ系という部分を演出している。さすが、男性ファッション誌の編集長といった風采だ。

「しかし、いいお店知ってますね、編集長」

「まあな」

「もしかして、悪いことにも使ってたりして」

冗談で言ったつもりが、どうも図星だったようだ。金岡編集長は「なんだよ、悪いことって」と言いながらも目を泳がせ、幾分動揺したような様子を見せている。

「……まあ、編集長のプライベートまでは知らなくていいんですけど」

金岡編集長は「うるせー」と笑いながら言って、私の頭を軽く小突く。なんとか取り繕えたようでほっとした。

そのあとしばらくは仕事の話をして、お互い三杯目のお酒を手にした時だった。

ふと、金岡編集長は妙なことを言い出した。

「なんで俺が、伊吹を『Men's Fort』の編集部に引っ張ってきたかわかるか?」

いきなりそんなことを訊かれて、困ってしまう。

寺ちゃんのことは話していいのかとか、ぐるぐると考えを巡らせていると、返答が待ちきれなくなったのか「遠慮しなくていいから、言ってみろよ」と促してくる。

私はなんとなく編集長と目が合わせられず、俯き気味で口を開いた。

「……寺嶌さんの口添えがあったからだと、聞いてます」

「ああ、本人からか。んー……まあ、それもまったくゼロではないかな」

私は驚いて顔を上げた。

「そうじゃないんですか？」

金岡編集長は笑う。

「俺がそんなもんだけで引っ張るわけないだろ」

「じゃあ、なんで……」

「伊吹は覚えてないか？　一年半ぐらい前だったか、撮影現場で会った時のこと」

そういえば、と思い出す。

一年半程前、以前いた女性ファッション誌と『Men's Fort』合同で撮影をしたことがあった。清涼飲料水のCM関連の企画で私がその担当だったのだが、思い起こしてみれば確かにその時、金岡編集長も現場に来ていた。

「ありましたね、そんなこと」

「あの時、俺は伊吹の仕事の仕方を見ていて、まだ若いのに随分と優秀なやつがいるもんだと思ったんだよ。周りに対するさりげないフォローや気遣いもすごいなと思ったたし」

普段、褒めるようなことはあまり言わない人から褒められると、どうしたらいいのかわからなくなる。

うまく言葉が見つからず「そうでしたか」とだけ言うと、「なんだよ、もっと嬉しがれよ」とまた小突かれてしまった。

「で、欠員が出た時、真っ先に思い浮かんだのが伊吹だったたってわけだ。てらしーの言葉はその後押しになったってとこだな」

金岡編集長は、寺ちゃんのことをプライベートでは〝てらしー〟と呼んでいるようだ。本当に仲がいいのだろう。

「まぁ、そっちの編集長にはあとでブーブー言われたけど」

そう言って笑った。

「……そう、だったんですか」

私は身の置き所に困って、目の前の白ワインを喉に流し入れた。

「だから俺は、伊吹にはかなり期待してる」

「ありがとう、ございます……」

「今回この企画に抜擢したのも、そういう背景があってのことだ」

自分の仕事を、認めてくれている人がいる。しかもそれが、部のトップだという事実。

そう思うと、じわりと心の奥底から温かいものがこみ上げてくる。これまで頑張ってきたことが一気に報われた気がした。

「いつか、伊吹と飲む機会があったら話そうと思っていたんだ。でもその〝いつか〟に一年もかかってしまったけど」

そう言って、金岡編集長はまた笑った。

嬉しい。本当に、ありがたい。

その一方で、仕事に私情を挟んでしまっている自分が恥ずかしくなった。

それから私たちはお互いにもう一杯ずつお酒を飲んで、お店を出た。

帰る方向を話すと金岡編集長の自宅の通り道だということで、タクシーを相乗りすることとなった。

明日の仕事の話をしているうちに家の近くに着き、私は車が停めやすい、マンション手前の小さな公園の前でおろしてもらう。

「今日はお疲れ様でした」

私が車内に声をかけると、金岡編集長も「夜も遅いから家の前まで送る」と、いったんタクシーを降りた。一応私も女性扱いしてくれる、ということか。

「遅くまでつき合わせて悪かったな」

「いえ、こちらこそご馳走《ちそう》していただきまして、ありがとうございました」

そう言って私が頭を下げると、金岡編集長は私の頭をポンポンと叩く。

「明日からもよろしく頼むよ」

「奢《おご》ってもらったぶん、しっかり働きます」

私が冗談でそう言うと、頭からはずしかけた手が私の頭を小突いた。

「じゃ、また明日」

金岡編集長はそう言って手を上げ、タクシーに向かって歩いていく。彼が乗り込んだタクシーはすぐに、暗闇の中へと消えていった。

急に心細くなって、私は鞄の中から鍵を取り出しながら、小走りにマンションの入口へと向かう。

と、その時――。

「金岡さんと一緒だったの？」

後ろから声が聞こえて、心臓が飛び出そうなほどに驚いた。

振り返ると、〝野良猫〟は暗闇の中でじっとこちらを見つめていた。

「びっ、くりした……そこにいたの、気がつかなかった」

マンションの敷地内には街灯もあるのに、まったく人の気配がしなかった。

「いたらまずかった？」

鋭さを帯びた眼差しがこちらを射貫く。

まずいことなど、微塵《みじん》もない。むしろ、忙しいのに今日も来てくれたのかと嬉しくて仕方がないくらいだ。

「……そんなこと、ないよ」

思いのまま言いかけて、私はぐっと言葉を喉の奥に押しとどめる。

……危ない。酔いに任せて、本心をさらけ出してしまうところだった。

思いの丈を迂闊《うかつ》に晒《さら》せば、この野良猫は「ここに縛られたくない」と、私の脇をすり抜けていなくなってしまうかもしれない。そのことを忘れてはいけないと、心が警鐘を鳴らす。

里見君の気持ちを確かめる勇気も持てず、かといって自分から気持ちを打ち明けることもできない私は、どこまでも情けない。

「ずいぶん、仲良さそうだったね」

声は、静かな闇に低く響いた。

「同じ職場で働いている人となら、あのぐらいは普通だと思う、けど」

「……ふうん」

「それを言うなら里見君だって、この間山岸蘭ちゃんと仲良さそうだったじゃない」

撮影現場に陣中見舞いに行った時、里見君が彼女と自撮りし合ったりして、楽しそうにしていたところを何度か目撃した。それと私が金岡編集長と話していた雰囲気と、なにが違うと言うのだろうか。

「……もしかして、やきもち焼いてくれてた？」

「えっ」

里見君の傾げた顔がそのまま近づき、唇を塞がれる。

私は慌てて、里見君の胸を押した。

「ちょっ……誰かに見られたら……！」

「見られなければいいの？」

戸惑っていると、里見君は私の腕を摑む。腕を引っ張られながら、私たちはマンションの中へと入る。

エレベーターに乗り込み、里見君は私の部屋がある階のボタンを押すと、またすぐさま押しつけるように唇を重ねた。

「ね……、カ……メラが……」

エレベーターの中には防犯カメラが設置されている。これがどこに繫がっているかはわからないけれど、誰かが見ているかもしれないものであることは確かだ。

「見せつければいいよ」

「な……ん、っ」

私は誰に見られてもいい。でも万が一この映像を見た人に、映っている人物が里見君とわかった上で悪用されたら――。

私は薄目を開けて監視カメラの位置を確認する。見れば、カメラは里見君のちょうど真後ろにあった。あの場所からなら、映るのは里見君の後ろ姿だけだろう。

ほっとしたと同時にエレベーターが到着を告げた。扉が開くと、里見君はまた私の腕を摑んで歩き出す。

「鍵、貸して」

里見君は掴んでいた手を離し、私の手から鍵を奪うように取ると、すぐさまドアを開ける。

「や……っ」

ドアが開いたと同時に、里見君は私を中に押しやった。自分も体を滑り込ませて後ろ手で鍵を閉めると、私を壁際まで追い詰める。

至近距離にある彼の綺麗な顔を直視できなくて、たまらず、目を伏せた。

「なっちゃんが他の人にさわられるの、見たくない」

「……え」

驚いた。

里見君こそ、もしかしてやきもちを焼いてくれているの……？

呑み込んだ言葉が、喉の奥にどろりと沈んでいく。もういい加減、言えない言葉が溜まりすぎて、喉が苦しい。

おもむろに顔を上げると、双眸《そうぼう》があまりにもこちらをまっすぐ捉えるから、胸まで苦しくなって、またすぐに目を伏せてしまった。

里見君は私の髪を撫でると、ゆっくりと唇を重ねる。さっきまでの強引さとは違う蕩《とろ》けそうなキスに、あっという間に夢中になる。

「……お酒の味がする」

「う……がい、させて……」

「だめ」

カーテンの閉められていないリビングから玄関へ、月明かりが仄かに漏れている。いつもとは違う男の顔をした里見君が淡く照らされて、心臓が騒いだ。

「……顔、エロ」

里見君は顔を少し離すと、くすりと微かに笑いながら言った。

「そういうこと、言わないで……」

融かされかけているであろう自分の顔を客観的に見せられたように恥ずかしくなって、俯く。そんなふうに愛おしそうに髪を撫でられたら、やきもちを焼かれたような、さっきの言葉が現実味を帯びてくるから困る。

無駄な期待を振り払いたくてぎゅっと目を瞑ると、里見君は髪から頤《おとがい》に指を滑らせ、私の顔を上げさせた。重なった唇の隙間からぬるりと舌が滑りこみ、口内でお互いの舌が泳ぐ。

そうしているうち私のブラウスの裾からするりと手が滑り込み、胸の膨らみまで伸びてきた。ブラジャーの上からしこりを探り当てられ、引っ掻くように刺激される。

「っ、……」

声が出そうになって、ぐっと飲みこむ。なにせここは玄関で、お互い靴すら脱いでいない。妙な声を出したら、廊下中に聞こえてしまう。

「ね……里見、君……さすがに、ここじゃ……」

小声で言うと、里見君は玄関の扉を一瞥《いちべつ》した。

「……うん」

彼が先に靴を脱ぐと、早く脱いでと言いたげな視線を送られた。こんなに余裕がなさそうな里見君は初めてじゃないだろうか。

焦ってよろけながらも靴を脱ぎ、里見君に手を引かれて向かった先は、当然のことながら寝室。ベッドの前まで来ると少し強引に後頭部を引き寄せられ、キスが再開された。

「ん、っ……」

貪るような、という表現はこういう時に使うのだろうなと思うぐらいに今、私の唇は激しく里見君に独占されている。遠慮することがなくなったとばかりに、リップ音が部屋中に響いて恥ずかしい。

「は……っ、ん……」

絡み合った舌の感覚が、本当に気持ち良すぎて力が抜けてくる。膝に力が入らなくなる前にベッドに手をつきながらゆっくり座ると、そのまま押し倒されてしまった。

「ね……」

「なに……？」

「このまま、するの……？」

隠すことなく、欲情を露わにしている里見君には愚問だろう。それでも訊かずにはいられなかった。

「……うん……ごめん」

里見君は少し申し訳なさそうな顔でそう言うと、またすぐに私の唇を塞いだ。ブラウスのボタンはあっという間にはずされ、スカートもはぎ取られた。救いなのは、部屋の明かりが月の光だけ、ということだろう。だって、シャワーも浴びていない体を、里見君にまじまじと見られたくない。見た目がさして変わらないとしても、だ。

首筋に唇を這わせながら背中に手を差し入れられ、ブラジャーのホックまではずされても、私はどうしても抗いたくなった。

「ねぇ……っ、あの、やっぱり……」

目の前から、小さくため息が漏れる。

「気にするよね、なっちゃん」

「それはだって……汗かいてるし、今日は飲んできたし……」

里見君の目の奥が、鈍く光ったような気がした。

「俺は気にしないから」

「え……ちょ、っと……」

ブラウスを私の体から剝がす時にブラジャーも一緒に剝ぎ取られ、上半身が無防備な状態になると、本当に躊躇なく彼は膨らみの先端を口に含んだ。もう片方の胸は左手に占拠され、人差し指に弄ばれている。

「ふ……、ん……ッ」

手の甲を口に押し当てても、漏れ出す声が抑えられない。蕾《つぼみ》を舌の上で転がされ、時に軽く吸われると、次第に下腹部が熱を帯びてくる。

「気持ちいい？」

正直に、こくりと頷いてみせる。里見君の口角は満足だと言いたげに、ゆるりと上がった。それと同時に、右手が太腿を伝って中心へと向かう。

溝を探り当てられると、彼の綺麗な指がゆっくりそこをなぞった。

「……っ」

胸へと続けられる刺激と相俟《あいま》って、溝の奥がじんじんとし始める。そこにその綺麗な指を入れられたら……と欲望が顔を覗かせる一方で、まだ、シャワーも浴びていない汚い体をさわらせたくないという思いは消えることはなかった。

そんな私の葛藤など知る由もない里見君は、中の下着ごとストッキングに手をかける。

私はすぐさまその手を止めていた。

「……なに？」

「だって……」

「いい加減、諦めてよ」

いつもより低めの、あまり抑揚のない声で言われると、それ以上なにも言えなくなった。彼の機嫌を損ねたらもう来てくれなくなるのではないかと、真っ先に打算的なことを考えて、黙ってしまった自分が嫌になる。

この関係は脆《もろ》い。だからこそ、つねに恐怖心が付き纏う。

なにかを察したのか、私を見下ろしていた里見君は困ったように眉尻を下げた。

「……ごめん。でももう、一秒も我慢できそうにない」

私はためらいながらも、掴んでいた里見君の手を離す。それを待っていたとばかりに、彼は私の下半身を纏っているものをすべて剝ぎ取り、花唇へと指を滑り込ませた。

確かに、いつもより急いている感じがする。

里見君の綺麗な指が蜜を湛《たた》えた窪みのそばまで届いた時、くちゅりと卑猥な音が静かな部屋に響いた。

「……ねえ、もうすごいんだけど」

「や……っ、んん……っ」

蜜壺《みつつぼ》から溢《あふ》れた愛液を弄ぶように、くちゅくちゅと、里見君の指は花弁の中を掻き回している。里見君の少し意地悪そうな、それでいてどことなく楽しげな顔を見る限り、わざと音を立てるようにさわっているだけだろうが、それが敏感な部分にうまく擦れて、自分でも驚くことにもう高みが来てしまった。

「あ……、だ……め、も、イきそ………」

「え、ウソ。いつもより早くない？」

「少し、酔ってる、せいかも……」

恥ずかしくて、お酒のせいにする。

里見君はふと、手をとめた。

「……っ、え」

あと少し、というところで指が花唇からはずされ、私は思わず縋《すが》るように里見君を見つめてしまった。

「……まだ、イかせないよ」

向けられた、温度の低い視線。

あまりのあっけなさに、厭らしいやつだと軽蔑されてしまったのかと不安になる前に、月明かりに照らされたその冷然たる顔があまりに綺麗でゾクリときてしまったなんて、本人には絶対に言えない。

一方で、熟れて膨らんでいる花芯がジクジクと消えない熱を帯びたままで、早く高みへと連れていってほしいと訴えている。私はたまらず、里見君の頬に手を伸ばして引き寄せ、懇願するように唇を合わせた。でも里見君は微かに触れただけで、すっと頭を起こしてしまった。

そして私の太腿を持ち上げたかと思えば、あろうことかその間に顔を埋めようとしている。

「え……っ、ちょ、っと……！」

「……なに？」

「汚いって……！」

「じゃ、俺が綺麗にすればいいだけじゃない？」

「そういうことじゃ……ッ、んっ！」

いろいろなことが気になるのに、膨らんだ花芯を真っ先に舐められたら、もうなにも考えられなくなってしまった。里見君の湿った柔らかな舌が、私の敏感な場所を容赦なく攻め続ける。焦《じ》らされて焦らされて、ようやく蜜壺に指を沈められると、あまりの気持ち良さに腰が大きく跳ねた。

「あ……っ！　んぁっ……ん……！」

「そんなに気持ちいいんだ。ここ、すごい厭らしい音がしてる」

「う、あ……だ、だって……ん、ん……っ」

「わ、俺の手、あっという間にびちゃびちゃ」

いつも、こんな言葉攻めのようなことは言わないのに。今日の里見君は意地悪モードなのだろうか。

「そんなこと……言わないで……」

「どうして？」

「は、ずかしい……っ、ん」

「でも、俺がなにか言うたびにここが反応してるよ。ビクビクしてる」

「え……っ」

言葉攻めに弱いなんて、そんなの知らない。むしろ恥ずかしくて耳を塞ぎたいと思っていたのに。

「なっちゃんって、意外とヤラしいよね」

小さな笑い声が聞こえたかと思えば、花芯をジュッと強く吸われて、ゾワゾワした快感が腰の辺りから一気に駆け上がった。

「あ、……もう、イ……！」

「だめ。まだだよ」

蜜口に差し込まれていた指がずるりと抜かれ、脚の間からも里見君が消える。

またお預けを食らったのか、と、ベッドから降りた彼のほうを向いて切なさを滲ませた視線を送ると、彼は下半身に身に着けていたものを素早く脱ぎ捨て、避妊具をつけていた。

「指なんかでイかないで、俺でイって」

ベッドに戻って私の上に跨《また》がった里見君の、穏やかながらも欲望を隠しきれない微笑を見たら、変なことが脳裏をよぎる。

ああ。私は今、仕事仲間は誰も知らない、里見廉を見ているんだな、と。

一年間、グラビア撮影でもインタビューでも様々な表情の里見廉を見てきた。挑発的な視線も、クールな顔も、笑った顔も、困ったような顔も、たくさん。でも、こんな顔は間違いなく特定の人間にしか見せないだろうと思うと、恍惚《こうこつ》さと疚《やま》しさとが綯《な》い交ぜになって鼓動が煩くなってくる。

優越感、なんだろうか。

そんな薄汚い感情が自分にないとは言わない。きっと、彼を手放したくない理由のひとつがそれだろうと薄々気づいている。

──嫌な女。

「あれ。考えごとしてる余裕があるんだ？」

「……え」

「なっちゃん、なにか考えてる時、うっすら眉間に皺が寄るから」

こちらも見られていたのか、と恥ずかしくなっていると、昂《たかぶ》った熱いものが股間に押しつけられる。充分なほどに蕩けて、受け入れる準備が整っている私のそこはすぐにでもするりと受け入れてしまいそうだ。

でも、簡単にはこちらの欲求を満たしてはくれないらしい。里見君は、溝に自分の硬くなったものをぬるぬると泳がせている。

「あ、あっ……ん、っ」

「これだけでも感じるんだ」

「だって、敏感に……んン、っ」

「でも、俺ももう……限界」

蜜口から、それはいともたやすく入り込んできた。ぎゅっと抱きしめられると、彼のものはすぐに奥まで到達する。

「んんんッ……！」

「ぅわ、今日すんごいきっつ。なっちゃん、ゆっくり息して」

「はあ……ッ、んっ」

自分の体がすべて性感帯になったかのように、ゾワゾワとした快感がとまらない。ゆっくり律動を始めながら、里見君は上体を起こし、指で花芯を刺激する。

「あ、あ、それ、だめ、あ、んっ……」

「俺も今日は我慢できなさそう」

また抱きしめられながら唇を塞がれると、すぐに律動は激しくなった。突かれるたび、ぐちゅぐちゅと、これまで聞いたことのない水音が耳を刺激して、羞恥が襲う。

「あ、あ……、や……っ」

「……ごめん、気持ち良すぎてもうイきそう」

「……ん……いいよ……イって……」

里見君の吐息に、仄かに喘《あえ》ぎ声も混じってくる。私で感じてくれているんだと思うと、彼のその甘美な声が愛おしくて仕方がない。

程なくして、彼の猛りが私の中でドクドクとうねり、すぐあとに私もずっと望んでいた高みへと連れていかれた。

幾分、重だるい足を引きずりながらカーテンを開けると、東の空が白んで見えた。まだ、夜は明けたばかり。リビングには、シャワーの音だけが微かに聞こえてくる。

疲れていたのか、ことが終わると気を失ったように眠ってしまった里見君が、今シャワーを浴びているところだ。

私はパジャマのまま、コーヒーメーカーに水とコーヒー粉をセットしてスイッチを押してからリビングを出る。

ゆうべ、玄関で私を抱きしめた里見君の体は、やはり少しひんやりとしていた。もう外気温も高く、夜でも冷える時期ではないのにそう感じたということは、結構な時間あそこで私を待っていたのかもしれない。

里見君に「いつから待っていたの？」と訊いても「そんなに待ってないよ」と、はっきりしたことは教えてくれなかった。

クローゼットから外出着を取り出したついでだと、なにも特別なことではないと、私は誰にでもなく心の中で言い訳をしながら、クローゼットの中に置いていた小引き出しから少し重みのある小さなそれを取り出して、パジャマのポケットに入れた。

「あー……シャワー浴びたけど眠いー……」

浴室からリビングに来た里見君は、バスタオルを頭に被って正面から私の肩に頭をもたせかけ、寝るふりをする。

「そんなんで今日の撮影は大丈夫なの？」

「ん……今日はロケだから、現場着くまで車で寝てる」

壁掛けのデジタル時計を確認すれば、午前六時を知らせている。数時間しか寝ていないのだから、眠いのも当然だろう。

　無理に来なくても……と私はまた言いそうになって、やめる。

　この間は『会いたかったから』だと言ってくれたけど、次にこの言葉を発したら、本当に来てくれなくなりそうな気がして、怖くなった。

　相変わらず、気弱で情けない。

「朝ご飯、冷凍してたクロワッサンと卵しかないけど、いい？」

　ゆうべは金岡編集長にタクシーで送ってもらったから、情けないことに家には今、そんなものしかなかった。

「全然いい」

「じゃ、ちょっと待ってて。先に顔洗ってくる」

「ん……」

　里見君はドスンと勢いよくソファーに腰をおろすと、背もたれに寄りかかってもはや寝そうな体勢だ。少々心配になりながらも私は洗面所に行って手早く顔を洗い、化粧水と乳液をつけた。メイクはいつものように朝食を食べ終わってからするつもりだ。

　さっき出しておいた外出着に着替える前に、私はパジャマのポケットに入れていた〝あれ〟を取り出す。

　いつ、渡そうか。

「お待たせ」

リビングに戻ると里見君はちゃんと起きていて、ふたり分のマグカップをテーブルに用意してくれていた。

里見君が来た時用のマグカップは、陶器なのにホーローのような風合いのもの。ピンクと、水色。里見君が最初に来た時、何気なく手近にあった仕事先でもらった色違いのノベルティを使ったのだけれど、それがなんとなくペアカップのようになってしまっている。

「なっちゃんが来たら、コーヒー淹《い》れようと思って」

「ありがと」

私は冷凍しておいたクロワッサンを軽くリベイクしている間に目玉焼きを作り、両方をお皿に盛りつけた。

「食べよう」

「いただきまーす」

焼き直しでも表面がサクッとして、焼きたてのようにおいしい。

「……どうかした？　なっちゃん」

「えっ……ううん。どうもしないよ」

食べることにすべての意識を向けていたはずなのに、里見君にはどこか違って見えたのだろうか。

……いや、嘘。小引き出しから取り出した時より、存在を意識してしまっている。

今、ポケットに入っている〝あれ〟。

本当に渡してもいいの？

引かれたらどうする？

クロワッサンを嚙み締めながら、答えの出ない問いを頭の中でぐるぐると繰り返す。

「おいしかったー。ねえ、このクロワッサン、どこの？」

里見君の声に、私は、はっと我に返った。

「あ、駅前にある『ペカンベーカリー』のだよ。冷凍する前はもっとおいしかったの」

「へえ。あそこのパン、こんなにおいしいとは思わなかった」

「じゃ、また買っておくよ」

言ってから、しまった、と思う。

自分から次を匂わせるようなことを言うなんて、と。

ドキドキしていると、里見君はこちらの心配を払拭するかのように、相好を崩した。

「うん。今度は冷凍してないの、食べてみたい」

「……わかった」

もしかしたら、今なら――今なら、言えるかもしれない。

「あの……さ」

「ん？」

里見君はコーヒーを飲み干そうとしていた手を止め、マグカップをテーブルに置いた。

私はポケットから、ようやく〝あれ〟を取り出す。

本当は兄に渡すためにもらっていたものだけれど、ここに来てから時間も経っているし、もういいだろう。

「……私がいない時は、これで中に入ってて」

里見君の顔が見れない。

「……待たせて、風邪引かせたら、大変だし」

言い訳をつけ加えながら、目を伏せたままカチャリと、里見君の目の前にそれを置いた。

「……それに、あんなところに、長くいた、ら、誰に目撃されるかわからないし」

声が、震えそうになってモタった。もっとさらりと言えたらよかった。

「これ……合鍵、だよね？」

喉の奥が詰まる。

「うん」と軽く返事をしようとしたのに、ひっくり返ったような、変な声になってしまった。

里見君はいつもならそういう時「なに、その声」とでも言って笑うのに、目の前からはクスリとも聞こえてこない。

彼氏でもないのに重い、と引いているのだろうか。

なおさら、顔が上げられなくなってしまった。

「あの……別に、どうしてもって――」

「いいの……？」

「――え？」

「俺が、合鍵もらっても」

おそるおそる顔を上げると、里見君は困惑したような、なんとも言えない表情をしていた。

「あ……あの迷惑だったら無理には……」

「迷惑じゃない」

合鍵を引っこめようかと手を伸ばしかけたところで、里見君が先に合鍵を摑んだ。

「俺がもらっていいなら、もらう」

急に立ち上がったのでどこに行くのかと思えば、寝室に置いていた自分の鞄を手にして戻ってきた。

「今、ちょうどいい感じの持ってたなと思って」

鞄から取り出したのは、紐《ひも》がついた紫色の球状のもの。根付だろうか。里見君の手の中でリン、と小さな音が鳴った。

「鈴をつけておけば、失くさないし。それにすぐ見つけられる」

そう言いながら、さっそく合鍵に根付をつけている。

「ありがとう」

目の高さに合鍵を掲げて、里見君は微笑んだ。表情にはもう、さっきの困惑の色は滲んでいない。

里見君は、いったいどういう気持ちで合鍵を受け取ったのだろう。
でも今、それを彼に尋ねたとしても、なんとなく正直には答えてくれない気がした。

Ａｃｔ４：野良猫は住処で待つ

時折吹く風はじっとりと肌に纏わりつき、日差しはじりじりと焼けるような熱を放射している。季節はすっかり夏。ハンカチで汗を拭ってから、傍らに置いていたスポーツドリンクを勢いよく喉に流し入れる。

早朝から、私は海辺のハウススタジオに来ていた。今日は『Men's Fort』で里見君と人気を二分している、遊上涼介《ゆがみりょうすけ》君の撮影日だ。

その里見君とはもう十日ほど会えていない。あの、合鍵を渡した朝が最後になってしまっている。どうやら以前、金岡編集長が話していたように、遠方で泊まり込みの撮影が続いているようだった。

深夜ドラマは製作費が少なく、通常なら地方ロケをしたとしても近郊止まりということが多いようだけれど、今回は人気急上昇中の女優山岸蘭と、同じくモデルで人気急上昇中の里見君や池尻ありさが出演するということで、大手企業のスポンサーもつき、普段よりは予算があるらしい。

「なんだかたそがれてますねー、伊吹さん」

「えっ……あ、遊上君」

今はつかの間の、お昼休憩時間。彼はついさっきまで向こうで食事をしていたはずで、ふいに声をかけられて少しびっくりしてしまった。

耳の辺りまで伸びた遊上君の髪が、海風に吹かれてサラサラと揺れている。

「ちゃんと食べた？」

「もちろん。腹減ってたんで、あのぐらいはソッコーですよ」

今日のケータリングは、『パン工房椿《つばき》』のサンドイッチＢＯＸにした。私もさっき打ち合わせをしながらつまんだけれど、天然酵母を使っているからかパンが味わい深く、野菜もたっぷりでおいしい。ここのサンドイッチが男女問わずモデルさんたちに人気なのも頷ける。

遊上君は首の辺りをさわりながら、眉を顰《ひそ》めた。

「海風ってベトベトするから、気持ち悪いっすよね」

「汗拭きシートならあるよ」

「さっすが、伊吹さん」

なにがさすがなのかわからなかったけれど、私はいつも撮影時に持ち歩いている絆創膏《ばんそうこう》やらの小物が入ったバッグから汗拭きシートを取り出して遊上君に差し向ける。

「わ、ちゃんとメンズものだ」

「だって、男の人が女性ものを使うのは抵抗があるでしょ？」

私がそう言うと、遊上君はなぜか「ぶはっ」と噴き出した。

「なんで笑うの」

「あ……いや、すんません」

遊上君がそれを受け取ろうとした時、手のひらの真ん中あたりに傷らしきものが見えた気がした。

「そこ、どうしたの？」

反射的に、声をかけてしまう。

「……え？」

「手の平。なんとなく傷があるように見えたから」

遊上君は少し驚いたような顔をしてから「やっぱ、さすがっすね」と、またさっきと同じようなことを呟いた。

遊上君はこちらに右手の平をぱっと開いて見せる。

「この間ミュージックビデオの撮影があったんですけど、演出で水使ったから床が濡れて滑っちゃって、転んだ時にたまたま機材に触れて切っちゃったんすよ」

遊上君はバンド活動もしていて、そのミュージックビデオの撮影だったらしい。見せてもらった傷は然程深くはなさそうだったけれど、かさぶたが痛々しく見える。

「伊吹さんって、本当にすごいっすよね」

私の手から汗拭きシートのパックを受け取ると、遊上君はさっそく中身を取り出し、首の辺りを拭いた。

「なにがすごいの？」

「気配りが、ですよ。汗拭きシートみたいなものだって、メイクさんが持ってることはあっても、編集さんで持ってる人は見かけないっすもん。今みたいに、細かいところにもよく気がつくし」

もしかしたら使うかもしれない小物を持ち歩くようになったのは、女性誌の編集部にいた時からだ。モデルさんの要望を聞いているうちにあれもこれもと、どんどん荷物が増えていったことは確かだけれど、周りの編集者も当たり前にやっていると思っていた。

「実はこの傷も、怪我してから今まで誰にも気づかれてなかったんですよね」

「えっ、そうなの？」

「まあ、気づいても言わないだけだったのかもしれないっすけど」

むしろ見たまま指摘した私こそ、デリカシーがないということにはならないだろうか。

少々居心地の悪さを感じていると、遊上君はふ、と相好を崩した。

「伊吹さんみたいに細やかなところにまで気を配ってる編集さんって、なかなかいないもんですよ」

「そう、かな。編集者って、みんなこんなもんじゃない？」

「違いますよ。そう思ってるの、伊吹さんだけですよ」

思いがけず持ち上げられて、さっきとは違う居心地の悪さに、汗が出てきた。

今それを拭うわけにいかないのがもどかしい。

「そういや、里見っちも前に言ってましたよ」

「……えっ」

「『伊吹さんはとにかく気遣いがすごい、あんな編集の人見たことない』って」

トクトクと、鼓動が急に主張し始める。

「……そんなこと聞かせても、なにも出ないよ」

不覚にも、声にうっすら動揺が滲んでしまった。

「あはは。俺、どんな見返りを伊吹さんに求めるんすか」

一枚では足りなかったのか、遊上君はもう一枚汗拭きシートを手にすると、今度は腕の辺りを拭き始めた。

「伊吹さんってもしかして、恋愛面でも人に尽くすタイプですか？」

「え？」

「相手のことばっか考えて自分は二の次、とか」

言われてみれば昔、ひとつの恋が終わった時に友人からそんなふうなことを言われたことはあった。

自分では必要以上に尽くしているつもりはなかったけれど、はたから見ればそう見えたのかもしれない。

「結構、痛い目見てそう」

遊上君の笑い声を遠くで聞きながら、ぼんやり考える。私は本当に、相手のことばかり考えているのだろうか、と。

少なくとも今は、自分のことしか考えていない気がする。いつも、里見君が私のそばにいてくれるためにはどうすればいいのかを考えている〝ジコチュー〟だ。

「男は気のない女性からでも甲斐甲斐しくされると、すぐ勘違いしますからね。尽くし過ぎると、それに甘えて相手はどんどんダメ男になりがちだし」

遊上君は諭すように言う。

「……ねえ。遊上君っていくつだっけ?」

「もう少しで二十三です」

「私より三つも下なのに、よくわかってるね……」

「いろんな人間が周りにいますからね。勉強させてもらってます」

そう言って、遊上君はまたクスクスと笑っている。

「まあ、逆のパターンもあるけど」

「逆?」

「男のほうが、相手のためになんでもやっちゃうの。里見っちとか、その傾向は強いと思う」

思いがけず里見君の名前が出て、ドキリとする。動揺しないようにと、心の中で一呼吸置いてから遊上君に「里見君が?」と訊いた。

「だってあいつ、基本みんなに優しいでしょ。俺はあんなふうに誰にでも優しくはできないから」

――〝誰にでも〟

「俺は大事にしている人以外には、わりと冷淡っすよ」

遊上君はそう言って爽やかに微笑む。

里見君から優しくされているのは、私だけじゃない。

そんなわかりきったことを聞いてショックを受けるなんて、どこまでずうずうしい人間になってしまっていたのだろう。

優しくされて、甘えられて、合鍵まで受け取ってもらえたから、どこかのぼせ上がっていたのかもしれない。

里見君の心の中には、まだ別の人間がいる――。

その可能性を、忘れたわけではなかったのに。

「とにかく、尽くし過ぎないほうが身のためですよ。甘えられるだけならまだいいけど、優しさを利用するやつもいますからね。恋愛は対等な関係が一番」

私に汗拭きシートを返しながら、遊上君はにっこりと笑う。

私は年下からの助言に「肝に銘じておきます」と返すので精いっぱいだった。

＊　　＊　　＊

「――というコンセプトでいきたいと思うのですが」

スタジオから社に戻り、データの整理やライターとの電話でのやり取りに追われて、ようやく金岡編集長と打ち合わせができたのは午後七時。退社しようとしていた金岡編集長を、寸でのところで捕まえることができた。

「んー……悪くはないが、ちょっと押しが足りないな。アピールポイントをもう少し明確に」

「わかりました」

「引き留めてすみません」と頭を下げると、金岡編集長は「伊吹、ちょっと」と廊下に視線を振る。

私は金岡編集長のあとに続いて、廊下に出た。

「もう上がれそうか？」

「……いえ、今日はまだ急ぎの仕事が」

「そうか。じゃ、明日は？」

「明日はファッション展の取材で……」

「ああ、そうだったな」

こんなふうに金岡編集長に誘われるのは、先日一緒に飲んでからすでに二度目だ。

金岡編集長がどういうつもりで私を誘っているのかはわからないけれど、正直なところちょっと腰が引けてしまう。

　私が申し訳なさそうにしていたからか、金岡編集長はふ、と笑みをこぼして頷いた。

「じゃ、また今度。ちょっと話したいこともあるし」

「……わかりました」

「帰れそうな時は、適当なところで帰れよ。今から詰めると締め切り前はとんでもないことになるぞ」

「ははは、そうですね」

　私はそのまま金岡編集長をエレベーター前まで見送った。

　わかりました、と言ってしまったからには、金岡編集長の誘いを一度は受けなくてはいけない。

　ふと、あの夜の里見君の顔が脳裏に浮かんだ。

『なっちゃんが他の人にさわられるの、見たくない』

　あれから私は、この言葉の意味を考え続けている。

　単純に、やきもちを焼いてくれたのか。それとも気に入ったおもちゃとはいえ、他人に手垢《てあか》をつけられたくなかったのか。

「……そもそも、つき合っていないし」

　誰もいないのをいいことに、吐き出してみる。口に出したらすっきりするかと思ったけれど、余計に虚しくなってしまった。

必要な時以外、里見君から連絡はないし、私からも当然できるわけがない。悲しいけれど、私たちの関係はそんなものだ。

デスクに戻り、私は更新通知から『そんな恋などどこにも転がってない』のインスタグラムを開いた。

旅館のような場所で里見君と山岸蘭、池尻ありさ、他数名のキャストが浴衣で撮った写真がアップされている。その下のハッシュタグには〝麗しの浴衣姿〟、〝現場が賑《にぎ》やかな件〟、〝オンエアをお楽しみに〟と書かれていた。

「楽しそうだな……」

私と会っていない間、里見君は私の知らないところでいろいろな人と話したり、笑いあったりしている。

……当然、池尻ありさとも。

「……なに考えてるんだろ」

至極当たり前のことなのに。そんなことを考えている自分があまりにも滑稽で、虚しい。

でもその当たり前のことで私の心はすぐにかき乱され、行き場のない思いや不安が、ぐるぐると黒い渦を巻く。

私がドラマ関連の企画担当をしていなかったら、こんな楽しそうな画像を見なくても済んだかもしれないと思うと、自分の立場が恨めしくなってくる。

私は画面の中で屈託のない笑みを見せる里見君を、ぼんやりと見つめていた。

ライターと受付を済ませ、名札ホルダーを受け取る。

＊　　＊　　＊

国内のコンベンションセンターとしては最大規模のエキスポホールは、十時のオープン前からファッション業界関係者でごった返していた。

館内の空調はきちんと稼働しているのだろうが、人の多さでじっとりと蒸している。私はハンカチで汗を拭いながら、ゲートをくぐった。

今日から三日間、ここエキスポホールでは世界最大級のファッション展が開かれる。

本当は部の先輩が取材するはずだったのだけれど、高熱を出して数日前から休んでいて、急遽私が行かされることになってしまった。

会場の隅のほうでライターと最終的な打ち合わせをしてから、予定通りに取材をこなしていく。

二時過ぎにふたりで遅めの昼食を終え、お世話になっているブランドのブースに挨拶回りをしたあと、ライターは別件の仕事があるということで、しばしの間、各々で会場を回ることになった。

時間は午後五時。

一階のメイン会場に降りると、イベントステージではゲストのトークショーやＤＪイベントが始まるところだった。これから夜に向けてさらにイベントが盛り上がっていく予定らしい。

私はイベントステージ近くのカフェに席を取り、さっそくテーブルの上にノートパソコンを広げて、写真の整理や取材したことをまとめる作業に取りかかる。

画面を見ながらパタパタと文字を打っていると、ステージのほうから「こんばんはー」という何人かの女性の声が聞こえて、私はそれにつられるように顔を上げた。

「あ……」

ステージの巨大スクリーンには『Bijoux』の文字が映し出され、壇上にはキラキラと光を放った女性が数名並んでいる。池尻ありさはその中心にいた。

そういえば以前、この取材を行うはずだった先輩から、初日のオープニングアクトは『Bijoux』だと聞かされていた。取材担当じゃなくてよかったと胸を撫で下ろしていたのに、皮肉なものだ。

「ありさちゃんは、今ドラマの撮影をしているんだよね？」

「そうなんですー。『そんな恋などどこにも転がってない』ってタイトルなんですけど、深夜ドラマで今月下旬から始まるので、良かったらみなさん観てくださいね。あ、公式さんのツイッターとインスタもありますんで、『恋コロ』で検索して、ぜひ登録もよろしくお願いしまーす」

私は司会者と池尻ありさとのやり取りを、ぼんやり眺めていた。

今日登壇しているモデルの中では池尻ありさが一番、メディアへの露出が多い。この短い時間でひとつの項目も漏らさずドラマの宣伝をしてみせたところは、場慣れしているとはいえ、さすがとしか言いようがない。

飲み会でのヒロコちゃんの話を聞かなければ、彼女のことは頭の回転が速い賢い女性だと、今でもポジティブなイメージだけで見ていただろうと思う。

聞いてしまった今では、したたかさや狡猾《こうかつ》さを感じてしまっている自分がいる。

私だって人の噂を鵜《う》呑みにするほど、世間知らずじゃない。でもすんなり心が受け入れたのは、どこかで〝そうであってほしい〟と望んでしまっているからだ。

――〝嫉妬〟

わかってる。もう些細なことで心が乱されるほどに、里見君への気持ちが抑えきれないところまできてしまっていることも。

パソコンの画面に視線を移すと、スリープ状態に切り替わった真っ暗な画面に、歪《ゆが》んだ自分の顔が映った。嫉妬や僻《ひが》みで黒く汚れた心は、心の中だけではおさまらず、こうして外側にも侵食していく。

私はデータを保存して、早々にパソコンを閉じた。かなり残っていたアイスカフェラテを一気に飲み干すと、冷たさのせいで胃がきゅっと絞られたように痛くなる。

でもそんなことに構ってはいられない。ここにいたら自分の心がどんどん醜く、黒くなっていってしまいそうで、一刻も早くここから立ち去りたかった。

私はカフェを出て、イベントステージに近い中央ではなく敢えて北側のエスカレーターに乗り、逃げるように二階へと移動した。

イベントステージ以外のエリアが午後六時で終了するためか、来場している人たちは足早に各ブースを見て回っている。パンフレットを見直していると、個人的に一か所気になっていたゾーンがあったことを思い出して、会場案内図を確認しながらそちらに向かう。

「——伊吹さん」

突然後ろからかけられた声に驚き、足をとめた——と同時に、心臓が跳ねる。

私はおもむろに、後ろを振り返った。

「やっぱりそうだ」

「里見君……」

マスクを少し下にずらして照れくさそうに笑う彼に、なんとも言えない愛しさが心の奥底から込み上げてくる。

イベントの内容的には、彼がここに来ていてもまったく不思議ではなかったけれど、まさかこの場所で、このタイミングで会えるとは思ってもみなかった。

「里見君はひとり……？」

「ううん、マネージャーと一緒。でも今はマネージャーがイベントスタッフと打ち合わせで別行動中だったんだ。伊吹さんこそひとりで取材？」

「私もライターさんと一緒なんだけど、今は向こうの都合で別行動中だったの」

なんとなく、顔を見合わせて笑う。もしも、里見君も同じことを考えてくれているのだとしたら、嬉しい。

「伊吹さんはどこに行こうとしてたの？」

「あー……この辺りに。ちょっと生産系の海外企業が気になってて」

私はそう言いながら里見君に案内図を指差してみせる。

「じゃ、そこ行こうか」

「えっ、里見君もどこか行こうとしていたんじゃないの？」

「いや、俺のほうは時間潰しに目的なくブラブラしてただけだから。さ、時間がないから急ぐよ」

里見君はマスクを元通りに戻して歩き出した。私は彼の隣には並ばず、背中を追いかけるようにして数歩後ろを歩く。

「……なんで後ろにいるの」

里見君はすぐこちらに振り返り、不満げな声を漏らした。太めの黒いフレームの隙間からかろうじて見えた眉間には、うっすらと皺が寄っている。

「だって、誰の目があるかわからないし……」

「後ろを歩いているほうが不自然だよ。もし万が一誰かにバレたとしても、俺は『Men's Fort』の専属モデルなんだし、編集さんと一緒に歩いてたって全然おかしくないでしょ」

言われてみればそうだ。

里見君の隣におそるおそる並ぶと、彼は「俺、まだそこまで売れてないし、考えすぎだよ」と笑った。

とはいえ念のため、こちらにスマートフォンを向けている人がいないかどうか、周りの様子に目を配っておく。今日は各ブランドが招待した一般客もいる。最近はＳＮＳであっという間に拡散されてしまうから、神経質すぎるぐらいでちょうどいい。

ざっと見た感じ、スマートフォンを向けている人も里見君の存在に気づいている人も、どうやらいなさそうだ。

「本当は手を繋ぎたいけど、そこは我慢するから」

周りをきょろきょろとしていた私の耳元で、里見君はそんなことを囁いてくる。不意打ちだったせいで身構えることもできず、思いきり顔が熱くなってしまった。

言った本人はといえば、私の様子を見て、マスクの上に拳を当ててクスクスと笑っている。

からかわれたのだとわかっても、こういう他愛もないやり取りが今は嬉しく感じる。これがいつまでも続けばいいのに、という不毛な望みまでおまけについてはきたけれど。

程なくして目当てのソーシングゾーンに辿り着き、ふたりで各ブースを足早に見て回る。

「少し前まで、海外生産と言えば中国の一極集中だったけど、今はかなりいろいろな国で作られてるんだ……いつか、日本向けのアパレル生産国が自国でデザインもできるようになったら、今までなかったようなパターンの服ができあがるのかもしれないなー」

実際に展示されている服を手に取りながら、私は気持ちが高揚していたせいか、独り言を呟いていた。

そもそも私が出版社を志望したのは、ファッション誌の仕事がしたかったからだ。ひとつのブランドを深掘りするのではなく、ファッション業界を外側から広く見てみたくて、ファッション誌の編集者になることが学生時代からの夢だった。

初めて配属された部署と今がたまたま自分の希望が叶った形にはなったけれど、必ずしも次も会社側が意向を汲《く》んでくれるとは限らない。実際、同期入社の中で希望が通らなかった人も何人かいる。

「私は、『Men's Fort』の編集部にいつまでいられるかな……」

アパレル業界の発展を、仕事を通してこの目でずっと追い続けられたらどんなに幸せかと思う。でも人生は得てして思いどおりにはいかない。

視線を感じて隣を見ると、里見君はなにか言いたげな顔をしていた。

「どうしたの？」

「なっちゃんは、ど……」

里見君が、人前では絶対に呼ばない呼び方で私のことを呼んだところで、彼のスマートフォンが鳴った。少し躊躇した様子ながらも、里見君は電話に出る。

話しぶりから、どうやら電話の相手はマネージャーのようだった。もう戻らなくてはいけない時間なのだろう。

まだ、里見君と一緒にいたい。

あと少しでいい、なにも話さなくてもいい、ただ、一緒にいさせてほしい。

どうか……私に時間をください。

「……呼ばれちゃった」

精いっぱいの祈りも、彼のその一言で虚しくちぎれていく。

里見君は人差し指でマスクを顎までずらし、苦笑した。

「……じゃ」

「……うん」

今、この瞬間も、里見君が私と同じことを思ってくれていたらいいのに。

里見君は一瞬視線をはずしてから、意を決したようにこちらを見た。

「……ねぇ」

「ん？」

「明日、家で待っててもいい？」

「えっ……あ、うん……」

里見君は微笑むと、小さく手を振ってフロアを駆けていった。

私が望んでいた以上の言葉に動揺したからといって、もっと気の利いた返しはできなかったのかと、後ろ姿を見つめながら後悔する。

私は今にもふわりと浮いてしまいそうな自分の体を持て余しながら、里見君の姿が見えなくなるまで見送っていた。

＊　　＊　　＊

「あれ、もう帰るの？」

「ちょっと今日は、はずせない予定がありまして……」

「ああ、いいんだ。区切りもついてるし、伊吹はいつも遅くまで仕事してるんだから、早く帰ったって誰も文句言わないよ。俺もただ、めずらしいなと思って声をかけただけだから」

「すみません、ありがとうございます……」

「プライベートも大事にしないとな。この業界にいる人間なら特に」

編集部の先輩のありがたい言葉にもう一度お礼を言うと、私は早足で会社をあとにした。

今日はどこに寄って帰ろう。

いつもはちょっとお高くて躊躇しちゃう食料品店にでも足を伸ばしてみようか、それともいっそのことおいしそうなお惣菜《そうざい》でも買おうかと、駅ビルの中を歩き回る。

ふとガラスに映った自分の顔がにやけていることに気づいて、慌てて口を引き結んだ。

買い物を終えてマンションに着き鍵を開けると、リビングの明かりが玄関まで漏れてきていた。それだけのことで、胸が騒ぐ。

この家で、自分のことを誰かが待っているなんて、初めてのことだ。

ドアが開いた音で気づいたらしく、中からパタパタとスリッパの音が近づいてくる。

「おかえり」

「……ただいま」

里見君とこんな挨拶を交わすことになるなんて、一年前は想像もしていなかった。

彼はもう、Tシャツとハーフパンツの部屋着に着替えている。

「お邪魔してました」

「……うん」

里見君も照れくさかったのか、はにかんだような笑みを浮かべている。それを見たら私まで恥ずかしくなって、思わず俯いてしまった。

「荷物、運ぶよ」

「あ、うん。ありがとう」

買ってきた食料品の袋を渡すと、里見君はそれを持って先にリビングへと歩いていく。

私は彼の姿が見えなくなってから、ふー、と大きく息を吐き出して、いったん気持ちを落ち着けた。

「お惣菜買ってきたんだ?」

キッチンへ行くと、里見君は袋の中を覗いていた。

「忙しくてもいつも自分で作ってるのに、めずらしい」

「ああ、うん。一品ぐらいは作ろうと思ってるけど、里見君がお腹減らしてるんじゃないかと思って」

「うん、めっちゃ減ってる。あ、ポテサラだ」

「ここのデリのポテトサラダおいしいから買ってきちゃった」

自分で作ろうかとも思ったけれど、ポテトサラダは意外と手間がかかるものだ。今日は時間がかかるものは全部、デリカテッセンで買ってきた。

「俺、なっちゃんの作るポテトサラダも食べてみたい」

「作ったことなかったっけ？」

「ない」

「じゃ、今度……」と喉まで出かかって、慌てて蓋をする。

いつも、次を匂わせる言葉を使うのは、躊躇してしまう。「食べてみたい」と言われたのだから、言ってもよかったのかもしれない。けれど、でも。

「今度作ってよ」

「……うん」

『今度』

里見君は、私が使わずにいる言葉を、いともたやすく使ってくる。

その言葉が私にとってどれだけの重みがあるかなんて、考えもせずに。

野良猫は、気ままだ。もしかしたら、彼が顔を出しているのはここだけじゃないかもしれないのだ。そう一瞬でも考えてしまうのは、この関係が曖昧なまま続いているから。

里見君が、そんな最低な人間だなんて思いたくはないのに、不安が心を歪ませる。

いつになったら、はっきりさせられるのだろう。もうグダグダ、同じことばかり考える自分の思考にいい加減疲れてきた。

ふとリビングに目をやると、テーブルにはドラマの台本とスマートフォン、キーホルダーのついた鍵の束が置かれていた。束の中には、この前渡したうちの合鍵も見えた。里見君が言ったとおり、あの時つけていた紫の根付が目印になっている。

他にも、どこかの合鍵があったりして……。

「……ああ。今セリフ、頭に入れてたの」

里見君は私の視線の先を見たのだろう。

なんとなくかわいい言い方に、ぐるぐる考えていることがどうでもよくなってくるから、我ながら呆れてしまう。

実はそれが里見君の手なのでは……？

なんて考えたら、ちょっと自嘲気味の笑いが出てしまった。

「……なに？」

「あ……ううん。この間セリフの読み合わせした時の、自分の棒読み具合を思い出しちゃって」

咄嗟にごまかす。

「別に、そんな酷くなかったよ」

そう言って、里見君は後ろから私を抱きしめた。

いつもの香水の香りはせず、ボディーソープの匂いがする。

「シャワー、浴びた？」

「あ、うん、ごめん。午前中、撮影ですごく汗かいて我慢できなくて、さっき勝手にシャワー借りちゃった」

仕事が終わって、まっすぐここへ来たのか。

「謝らなくていいよ。勝手に使ってくれていいから」

「ありがと」

ぎゅっと力を込めて抱きしめられる。もう何度もされていることなのに、まだドキドキする。

「私こそ、汗くさいかも」

里見君が鼻を鳴らしたような気がした。

「んー……ちょっとする、かな」

「えっ、やだ」

慌てて腕の中から抜け出そうとするけれど、里見君はなかなか離してくれない。必死にもがいていると里見君は楽しそうに笑った。

「だから、気にしなくていいって。俺、なっちゃんのどんな匂いも好きだし」

「そういうことじゃなくて、私が嫌なの……！　先にシャワー浴びてくるっ」

体を屈めて彼の腕の中から抜け出し、洗面所に駆け込んだ。

服を脱ぎ、水栓のハンドルを回してから――いろいろ気づく。

「お惣菜、そのままにしてきちゃった……冷蔵庫に入れなきゃいけないものもあったのに」

それもだけれど、それより。

『俺、なっちゃんのどんな匂いも好きだし』

さっきは里見君の腕から逃げ出すことに精いっぱいで流してしまったけれど。

「また……あんなこと」

小さく呟いた言葉は、シャワーの音が掻き消していく。私はザアザアと天井から降る雨に、顔を向けた。

『好き』って言葉を簡単に使わないでほしい。たとえ、里見君にとって意味のない『好き』であったとしても。

私なんて、愛おしい気持ちが積もりすぎて、戯れな言葉すらも吐き出せなくなってしまっているというのに。

いっそのこと、重苦しい心ごとすべて洗い流されれば苦しくなくなるだろうか。

そう考えてから、思い直す。

やっぱりこの愛おしい気持ちまでは、流れてほしくない。

洗い終わって、バスルームを出ようと扉を開けたところに――

「や、やだ……っ、なんでここにいるの？」

——野良猫は待ち構えていた。

気だるい顔で、洗面所の壁に凭れている。

「なんで、って…………待ちきれなくて」

慌てて、私は近くに置いていたバスタオルを掴んで体を覆った。

「今さら恥ずかしがらなくてもいいじゃん。なっちゃんの裸はもう結構見てるし」

「それはっ……そう、だけど。あんまり明るいところで見られるのは……」

「暗いところならいいの？」

里見君は返事を聞かないまま、唇を塞いだ。私は里見君の胸を少しだけ押し戻す。

「や……、里見君が濡れちゃうよ……」

「じゃ、俺も脱ぐ」

そう言いながら彼はTシャツを脱ぎだした。どうやら最近ジムで鍛えているようで、六つに割れてきている腹筋が目に入る。

「あ、あの、お惣菜もそのままにしてきちゃったし……」

「もう冷蔵庫に入れた」

「あ……ありがとう」

「あとは？　他に気になることは？」

「…………やっぱり、明るいの、が」

私のひと言で、バスルームの電気が消された。

そういうことではなかったのにと思いながらも、本気で拒否しないのだから、私も里見君と同じことを求めてるということだ。

『なっちゃんって、意外とヤラシイよね』

いつかの、里見君の言葉が脳裏に蘇《よみがえ》る。

彼とこういう関係になってから、自分はこんなにも厭らしい人間だったのかと思い知らされる。過去の少ない恋愛経験を頭の片隅から引きずり出してみても、ここまで欲望にまみれてなどいなかった。

洗面所から漏れる灯りに照らされた里見君の顔が妖艶で、綺麗で、すぐに目が離せなくなった。

思わず、里見君の頬に手を伸ばす。

「お腹、すごく減ってたんじゃなかったの……？」

「……なっちゃんの匂いを嗅いだら、空腹よりこっちが我慢できなくなった」

欲望に忠実なのは、里見君も一緒だ。


ことを終え、もう一度ふたりでシャワーを浴びてから、ようやくテーブルにつく。

「今日は、ちょっと飲みたいなって思って。頂き物のワインがあるの」

この間、寺ちゃんにもらったワインを里見君と一緒に飲みたくて、今日はおつまみになりそうなものばかりを買ってきていた。

ポテトサラダを始め、数種類のチーズ、骨なしフライドチキンにローストビーフ、イカと野菜のマリネ。足りなければスモーキーソーセージを焼いてもいい。

里見君があまりお酒に強くないことと、私も晩酌をするタイプではないから、家で一緒にお酒を飲むのは二度目だ。

そう言えば最初に飲んだ時も、寺ちゃんにおいしそうなおつまみの差し入れをもらったから、だったかもしれない。

「もしかして明日お仕事に出るの、早い……？」

「うん、まあ……でも、あまり深酒しなければ」

冷やしていたワインをテーブルに出す。里見君はパッケージをまじまじと見ている。

「へえ。岩手のワインなんだ」

「うん。お土産でもらったの」

今時期に飲むのに最適な、きりっとした味わいの白ワインらしい。寺ちゃんからもらったその日に、酒造会社のホームページを見て知った。

「あ、飲みやすい」

里見君にしてはめずらしく、すぐにもうひと口飲んでいる。

辛口ではあるけれど、確かにすっと喉に流れていくような滑らかさと、柑橘《かんきつ》系のフルーツのような爽やかさがある。これはうっかりたくさん飲んでしまいそうだから、気をつけないといけない。

……などと思っているうちに、気がつけば里見君の目がトロンとし始めてきていた。

「ちょっと待ってて。今、水持ってくるから」

「……ん」

もしかしたら、里見君は今朝も早かったのかもしれない。お酒につき合わせて悪かったなと思いながらリビングに戻ると、彼はもう後ろのソファーに突っ伏していた。

起こすのは可哀想だけれど、仕方がない。私は里見君の肩をトントンとする。

「ねえ里見君、寝る前にこれだけ飲んで」

顔を上げるとこくりと小さく頷き、体勢を変えてコップを両手で持つと、コクコクと水を飲み込んでいる。

普段、仕事の時はあまり見せないであろうこういうかわいい仕草を見せられると、なおのこと、愛おしくてたまらなくなる。

そしてまた、気持ちだけが募っていく。

飲み終わったのか、里見君は私にコップを返した。

「……ありがと。少し目が覚めた」

「忙しかったのに、飲ませてごめんね。でもこのワイン、どうしても里見君と一緒に飲みたかったの」

なんとなく、彼を望むような言葉を口にしてしまったことに気づいて、後悔した。

怖くて顔が見れず、目を伏せる。

「なら、一緒に飲めてよかった」

見れば、里見君はふわりと笑って——少しだけ、表情を曇らせた。

「……俺も、今日ここに来ることにしててよかった」

どういう意味だろうと考える前に、心臓がひやりと熱を失っていく。やはり、野良猫が
行く先はここだけではないのか、と。

すぐに悪いほうへと考えてしまうのは、私の悪い癖だ。

「実はちょっと、へこんでて」

「……えっ」

里見君が私の前で弱音を吐くなんて、初めてかもしれない。

酔っているせい……？

「ドラマでね。俺、演技ヘタだから、監督からダメ出し食らって撮影が止まっちゃって、
周りにも迷惑かけちゃった……」

ヘタなんてことないよ、と言いかけて、やめる。

演技のことをよくわからない私が、上から目線と誤解されかねない言い方で慰めようと
するのは違う。それはかえって、里見君のプライドを傷つけることになる。

私はどう声をかければいいのかわからず、立ち膝のまま里見君を見つめる。

「でもなっちゃんと一緒にいたら、元気になってきた」

私は思わず、里見君の頭を引き寄せ、抱きしめていた。

「里見君が少しでも元気になったなら、よかった」

「……うん」

「少しでも里見君の役に立てたなら、私も嬉しいし」

「……ん」

私の腰に回されていた右手がゆっくりと体をのぼり、膨らみに悪戯し始める。

私はその右手を、ぎゅっと握った。

「今日はもう、だめ」

「……なんで？」

「早く寝ないと。朝早いんでしょ？」

さっき時計を確認したら、いつの間にか日付が変わっていてびっくりした。

「早いけど……」

「しっかり寝て、明日最高の演技を見せて挽回《ばんかい》しなきゃ、じゃない？」

里見君は私から離れると、はっきり目を開いて力強く頷いた。

「うん、そうだね」

「もう少しで、初回放送だよね」

「うん」

「ドラマ、楽しみにしてるから」

「ありがとう。なっちゃんに楽しんでもらえるように、頑張らないと」

そう言って私に軽くキスを落とすと、里見君は嬉しそうに微笑んだ。

Act 5：野良猫はなにを考えている？

それから数日。

今日は例の、『恋コロ』キャストの撮影のため、私は自社社屋にある通称『白ホリ』と呼ばれる全面白背景のスタジオルームに向かっていた。

『Bijoux』との合同企画ゆえに、いつにも増して気を引き締めなくてはと、廊下を歩きながらひっそり気合いを入れる。その一方で、本当はすぐにブレーキがかかりそうなほど足取りは重かった。

里見君と池尻ありさのツーショットを、また目の前で見なければいけないのかと思うと、鉛を飲まされたように胸が重苦しくなる。

今も、里見君の心の中に彼女が存在しているのかはわからない。でも、元カノというだけで心が拒否反応を示してしまう。それにいつぞやの、私に対する池尻ありさの態度も引っかかっていた。

どんな事情があるにせよ、これは仕事。きっちりこなさなくてはならない。心を奮い立たせて、私は足を前に踏み出した。

今日はドラマの初回放送日前日でもある。キャスト陣は、取材や番宣の撮影後に制作サイドの方々とスタジオに来ることになっていた。

『Bijoux』の編集やカメラマンと挨拶を交わし、軽く打ち合わせをしているうちに、スタッフを引き連れてぞろぞろとキャスト陣がスタジオに現れた。

池尻ありさは、なんとなく里見君に寄り添うような感じで横に並んでいた。

仕事だと割りきっても、ふたりが一緒にいるところを見れば、どうしても心にさざなみぐらいは立ってしまう。私はなるべく彼らのほうを見ないようにして準備を進めた。

番宣撮影後すぐこちらに移動してきた里見君たちは、ドラマの衣裳《いしょう》のままだ。それを利用して、最初のカットは衣裳のまま撮る予定になっている。

「では、撮影開始します。みなさんよろしくお願いします」

すべての準備が整い、金岡編集長が声をかけるとスタジオにたくさんの人の拍手が響き渡った。

ここにはドラマ制作サイドのみならず、ドラマのスポンサーや今回タイアップするブランドのスタッフまで大勢駆けつけ、いつもとは明らかに違う雰囲気を醸し出している。この緊張感漂う空気のおかげで、私は一気に仕事モードへと意識を切り替えることができた。

「あの、コンテの段階で言えばよかったんですけど、ふたりの最初のカットは台本に合わせてもう少し険悪そうな感じで撮ってもらって、衣装を変えてから……」

撮影の途中で、ドラマの広報からこまごまと注文が入る。

内心、本当にもっと早く言ってくれればいいのにと思いながらも、私はすべてに「わかりました」と返答して、カメラマンと『Bijoux』側のスタッフと急遽打ち合わせをする。

資料から、ふと目線を上げた視界の隅に、里見君と池尻ありさが親密そうに話している姿が映った。

気にしても仕方がない。

そう思えば思うほど、隅にあるふたりの存在感は私の中でどんどんと増していき、つい目線をそちらに移してしまいそうになる。

せっかく、切り替えられたと思ったのに。些細なことですぐ揺らいでしまう自分の弱さを否応なしに突きつけられる。

集中集中……。

まるで試合に臨むスポーツ選手のように、私はその言葉を心の中で何度も繰り返し呟いた。

今日はいつにも増して、失敗が許されない現場だ。もし今なにか大きなミスをしでかしたら、私だけではなく編集長の首すらもあやしくなる。余計なことに捉われている場合じゃない。

打ち合わせを終え、ひとつ息を吐き出したところで、ちょうど後ろから来た寺ちゃんと目が合った。彼は私を真正面にとらえると、緩く口角を上げて微かに頷く。

やっぱり、寺ちゃんの様子が明らかにいつもと違う。どのへんが、と言われるとなかなか説明しづらいけれど、長年つき合っていると、ちょっとした表情の違いでなんとなくわかるものだ。声をかけようかと思ったその時、間の悪いことに撮影が再開されてしまった。

その後は撮影も順調に進み、衣装替えの前に少しだけ休憩時間を設けることになった。とは言っても休憩するのは当然キャスト陣だけで、私たちスタッフは次の撮影のための準備や打ち合わせに入る。

洋服に合わせてヘアメイクも変えるため、寺ちゃんとも最終的な打ち合わせをする。終わると寺ちゃんは「ちょっと」と言って、スタジオの隅に目配せをした。

仕事中、表立って私をこんなふうに呼ぶのはめずらしい。

やはり、あのこと、だろうか。

「どうかしたの？」

「いや……俺が土産に買ってきた岩手のワイン、飲んだかな、と思って」

なんだ、と拍子抜けする。でも考えてみれば、寺ちゃんの恋愛的な話は兄を介してしか聞いたことがない。そもそも、私に話すはずがないのだ。

「この間、ご馳走になったよ。飲みやすくておいしかった」

そういえば、兄の分のワインがキッチンに転がったままだったな、と思い出す。

「……そうか。ワイナリーおすすめのものは、やっぱり間違いないな」

「でもなにもそれ、今訊かなくても……」

「あ……いや、それで、さ……」

言いかけて、寺ちゃんはふと、なにかに気づいたように横を向いた。つられて私もそちらを向くと、着替えを終えた里見君が近くに立っていて驚いた。

いったい、いつからそこにいたのだろう。まったく気配を感じなかった。

「……お話の邪魔をして、すみません」

浮かない表情をしているように見えるのは、気のせいだろうか。さっきまでは、特に変わった様子はなかったと思うのに。

「着替え終わったんですけど、メイクルームに入っていればいいですか？」

抑揚のない事務的な言い方が気になったけれど、私は努めて、いつもの仕事の時と同じように答える。

「まず女性陣からメイクルームに入るから、その間里見君たちにはインタビューさせてもらうことになってたよ」

見れば、遠くのほうで里見君のマネージャーが手招きをしていた。

「……わかりました。すみません」

寺ちゃんも里見君の様子に違和感を抱いたのか、なにか言いたげに私と目を合わせる。

気にはかかるものの、とりあえずさっきの話を再開させようと口を開きかけたところで、『Bijoux』側の担当者が慌てた様子で駆け込んできた。

「すみません！」

ただならぬ表情に、緊張が走る。何事だろうか。

「あの、うちのヘアメイクさんが急に体調が悪くなってしまったらしくて……私が呼ばれて行った時にはすでに、アシスタントさんまで彼女に付き添っていなくなってしまってて……ありさちゃんのメイクを始めたばかりだったんですけど」

焦りのせいか、わずかに震えた声は、今度は寺ちゃんに向けられた。

「すみません寺嶌さん、急で申し訳ないんですけど、ありさちゃんのメイクをお願いできないですか？」

「え……」

「山岸さん専属のメイクさんは、渋滞で到着が少し遅れてるようで……」

「……いや、それは……」

「うちの仕事を降りられたことは存じ上げてます。でも……！」

慌てていたせいか、うっかり大声で内情を口走ってしまったことに『Bijoux』側の担当者も気づいたらしく「あああ……すみません」と余計に動揺している。

寺ちゃんは一度ため息をついてから、「こっちに」と、彼女を私たちのいたスタジオの隅に呼び寄せた。

「それは、お宅の編集長からの依頼？」

「い、いえ……編集長は今、席をはずしているもので、仕方なく私の独断で……」

寺ちゃんはもう一度ため息をついた。

「あのさ。とりあえずありさのマネージャーを呼んでほしいんだけど」

「あ……す、すみません。マネージャーさんも別件のお仕事が押したために、まだ来られていないんです」

「いつ来るの？」

「まもなくいらっしゃるとは思うんですけど……」

彼女の手が震えていることに気づく。

寺ちゃんは私を見た。

「……時間、どのくらい余裕ある？」

「んー……あまりない、かな。撮影は順調に来てるけど、このあとのキャスト陣のスケジュールもあって、そもそも押し気味なんだよね」

腕時計を確認しながら言うと、寺ちゃんは取り繕うこともせず、明らかに困惑した表情を見せた。

今度は『Bijoux』の担当者に目を向ける。

「体調が悪くなったメイクさんの様子はどんな感じなの？」

「今、うちのスタッフが確認しに行ってくれてます。でも最初の話によると、かなりフラフラだったようで……」

寺ちゃんは「困ったな……」と言って頭を抱えている。

私は疑問が湧いた。池尻ありさが寺ちゃんの元カノだったとして、たとえドロドロの別れ方をしていても、果たしてここまで嫌がるものだろうか、と。これまで寺ちゃんの仕事ぶりを見ていた限り、仕事は仕事だと割りきることができる人だと思っていたから。

ともあれ、仮に寺ちゃんがメイクを請け負うにせよ、時間が押すことは間違いない。予定を組み直さなきゃいけないなと、私はもう一度手元にあったタイムスケジュールに目を落とした。

「仕事だし、仕方ねーよなぁ……」

私に話しかけられたような気がして顔を上げると、寺ちゃんは諦め顔でぼんやりと宙を見つめていた。

「……わかりました。ただ、あなたも一緒にメイクルームにいてくれない？」

『Bijoux』の担当者は、寺ちゃんのその言葉に困ったような笑みを浮かべている。それもそうだろう、このあとのスケジュールでは彼女も他にやらなくてはいけないことがある。

でも、まずはこのピンチをなんとかしなくちゃと思ったのか、彼女は意を決した面持ちで「わかりました」と言って、寺ちゃんに付き添って行った。

少々気になりつつも、私はこれでどうにか先に進めると思っていた。

でも、事件が起こったのは、それからすぐ。

メイクルームから、言葉は聞き取れなかったものの、女性の金切り声のようなものが聞こえてきたのだ。

私は指示を仰ごうと金岡編集長のもとへ向かいかけて、誰かに肩を掴まれた——里見君だ。

「行って、伊吹さん」

「えっ？」

「寺嶌さんのところに」

「でも……」

「いいから！」

里見君は掴んでいた私の肩をメイクルームへ送り出すように押すと、どこかへといなくなってしまった。

どういうこと……？

この場合、おそらくは『Bijoux』のスタッフが確認しに行くのが筋だ。『Men's Fort』の私がでしゃばるのは、あまりよろしくない。

とはいえ、さっきの寺ちゃんの様子を考えると心配にもなる。

私は迷いながらも、寺嶌さんの様子を見てくると金岡編集長に断りを入れたうえで、メイクルームへと向かった。

メイクルームの入り口まで来ると、戻ってきていたらしい『Bijoux』の編集長がちょうど中から出てきたところだった。どうだったのだろうと彼女に視線を向ければ、苦笑されてしまう。

「なんでもない、ってありさに追い出されちゃって……寺嶌さんに迷惑をかけたんじゃないかと思って状況を見に来たんだけど、埒《らち》が明かないし、仕方なくいったん出てきたの」

やはり寺ちゃんと池尻ありさの間に、なにかトラブルがあったのだろうか。

「中に『Bijoux』のスタッフさんは……」

「一緒に入ったって聞いていたんだけど、なぜか寺嶌くんとありさのふたりしかいなくてね。どこにいったのかしら」

『Bijoux』の編集長が追い出された状況で私がすんなり中に入れるとは思えないけれど、とにかく行ってみなければ、この状況は変わらない。

「私が寺嶌さんに事情を訊いてきます」

威勢よく言ったものの、少しドキドキする。

メイクルームの扉をノックすると、中から寺ちゃんの「はい」という声がした。

「伊吹です、入りますね」と言って、ゆっくりドアノブを捻る。おそるおそるメイクルームに入ってみると、鏡の前の椅子に座っていた池尻ありさがこちらを鬼の形相で見ていた。寺ちゃんも怖い顔で腕を組んでいる。

「なにか、あったの……?」

ふたりを交互に見ながら、寺ちゃんに尋ねた。

「…………いや」

「みんな、なにかあったのかと心配……」

私がそう言いかけたところで、

「あなたのせいでしょ！」

と、なぜか池尻ありさの矛先がこちらに向いて面食らった。

「……伊吹は関係ない」

寺ちゃんは今まで聞いたこともない低い声で、ゆっくりとそう言った。

誰かに入ってこられたらまずいと思ったのか、寺ちゃんは私のそばまでつかつかと歩いてくると、扉の内鍵をかける。

「関係あるでしょ！」

「ない」

「ちょ、ちょっと待って……なんで私が関係あるんですか……？」

池尻ありさは真一文字に引き結んでいた唇を開く。

「あなたが、武ちゃんを離してくれないから……！」

池尻ありさはどうやら、寺ちゃんのことを下の名前の愛称で呼んでいるようだ。

寺ちゃんは大きくため息をついて目を瞑り、眉間に手を当てている。

「また妄想の話をするなよ……それに、たとえ俺が伊吹とつき合ってたとして、ありさにはなにひとつ関係ないだろ」

「ほら、やっぱりつき合ってるんじゃない！」

デジャヴか、と思う。

学生の頃から、こんな場面には何度か遭遇してきた。まさか、社会人になってまで繰り返されるとは思ってもみなかった。

思わずため息が出る。

「もう、最初からこうやって本人に訊けばよかったんだわ。廉に探りを入れてって頼んだのに、全然役に立たないし……っ」

……今、なんて……？

「……里見も巻き込んだのか」

「だって、はっきりしないから……」

「もうはっきりしてる。俺は二度も、きちんと断った」

「その女がいるからでしょ……！」

池尻ありさは、自分が支離滅裂なことを言っていると気がついていない。

でも、それより──。

「つーか、里見になにを頼んだんだよ」

寺ちゃんの呆れたような声が、室内に響き渡る。

しばらく黙っていた池尻ありさも、寺ちゃんの圧に負けたらしく、渋々口を開いた。

「…………武ちゃんが、その女とつき合ってるのか探って、って」

言葉が、頭の中を上滑りしていく。

「やっぱりあの画像、ばら撒《ま》いてやろうかしら……」

隣からああ、とも、はあ、ともつかない声が聞こえたかと思えば、寺ちゃんは足を踏み鳴らしながら、池尻ありさのもとに詰め寄った。

「頼んだんじゃなくて、里見を脅してやらせたのか」

寺ちゃんに本気で睨まれ、さすがの池尻ありさも怯《おび》えた表情を見せる。

「お、脅したって……廉だって、私に同情してくれてたもん……」

「だったら、脅さなくてもいいはずだよな？」

寺ちゃんは、今度は大きくため息を吐き出した。

「冷静になって考えてみろよ。他人を脅して巻き込んでまで、好きな相手を強引に振り向かせようとする人間を、逆にあんたは好きになれるのか？」

池尻ありさは、今にも泣きそうな顔をしている。

――〝今、彼女に泣かれたら困る〟

真っ先に頭に浮かんだのがそのことなんて、どれだけ仕事中心なんだと心の中で苦笑する。

……でも本当は酷く混乱していることも、それを認めたらどうにかなってしまいそうで、敢えて心が冷静さを保っていることも自覚していた。

さっきから、胸の辺りがひんやりする。

私は今、なにをどう思っているのか。自分のことなのに、ひとつもわからない。頭が、整理できない。

コンコンコン！

全面白ホリのような、真っ白な世界に立ち尽くしていた私は、せわしなく扉をノックする音で我に返った。衝撃で忘れそうになっていたけれど、ここはスタジオ横のメイクルーム。しかも今日はここに関係者が大勢いる。これだけ声を張り上げていれば、誰かが様子を見に来てもおかしくはない。

「す、すみません、ありさのマネージャーです」

力強いノックの音とは正反対の、男性の気弱そうな声が、扉の向こう側から聞こえてきた。寺ちゃんを窺うと「開けてやれ」と、まだ怒りを滲ませた声が投げられる。

私は言われたとおり、内鍵を開けた。

「遅くなりました……」

現れたマネージャーは、青白い顔をしていた。

「……守宮《もりみや》さん。約束を守ってもらわないと困りますよ」

ありさのマネージャーは守宮さん、という名前らしい。半笑いのような声だったが、寺ちゃんの言い方には明らかに怒りを感じる。

「す、すみません……」

「もう彼女を私に近づけない、というお約束でしたよね？」

「な……なにそれ……っ！」

池尻ありさは、そう言って激しく取り乱している。

どうやら彼女は、事務所側が寺ちゃんとそんな約束を交わしていたことを知らなかったようだ。普通なら当人にも伝えるべきなのだろうけれど、池尻ありさのこの様子を見ていれば、言ったほうがまずいことになると判断したのかもしれない。

寺ちゃんはふぅと息を吐き出すと、淡々と続けた。

「今日だって守宮さんが遅くなるなら、一時的にでも誰か他の人を付けてほしかったですよ。だから案の定……」

「申し訳、ありません……」

「で、守宮さん」

寺ちゃんは改めて、守宮さんのほうに向き直った。

「ご存じでしたか？　ありささんは里見を脅していたみたいですよ」

「ええっ!?」

ただでさえ青白い守宮さんの顔から、さらに血の気が引いていく。

「脅してないし！　協力してもらってただけだって……」

「里見のヤバい画像持ってるんだろ？」

「……持ってない」

「さっき画像ばら撒くって言ったよな……？」

池尻ありさは、俯いて下唇を噛みしめている。

「伊吹悪い、里見のマネージャー呼んでもらえるか」

「……わかった」

「ちょっと！　呼ばなくていいって！」

池尻ありさの怒声を背中に浴びながら部屋を出て、私は里見君のマネージャーにメイクルームへ行くよう、こっそり伝えた。

そのあとは、大変だった。

私自身、事情がよく呑み込めていなかったために、『Bijoux』の編集長や金岡編集長にどう説明すればいいのかわからず、とにかくありさちゃんが取り乱しているので、寺嶌さんにメイクをしてもらうのは困難だ、とだけ伝えた。そのへんはもうすでに『Bijoux』側で緊急手配していたようで、程なくして代わりのヘアメイクさんが現場に到着した。

そもそも急に体調を崩したヘアメイクさんは、池尻ありさから「美容にいいドリンクがある」となにかを飲まされた数十分後に、急にふらつきを覚えたらしい。騒動のあと会社常駐の保健師に話を聞きにいくと、「確証はないけれど、もしかしたら飲み物に睡眠薬かなにかが混ぜられていたのかもしれない」という驚きの診断結果が伝えられた。

撮影と取材、すべてが終わったのは、予定の時間から二十分ほど過ぎた午後六時少し前。あれだけの騒ぎがあってもその程度のロスで済んだのは、企画を失敗させたくないという担当者たちの意地だったと思う。そこだけは、誇りたい。

幸い、池尻ありさ以外のキャストは誰ひとりあの部屋にはおらず――というより、池尻ありさがうまいこと言って人払いしたようだけれど――なにが起きていたのかは、キャストには一切知られていない。

そうは言っても、あの騒ぎでなにもなかったというのはあまりに不自然なので、事情を知るものの間で話し合い、メイクルームにゴキブリが出てパニックになった、ということにした。まだ撮影も大幅に残っているのに、キャスト同士が変な空気になってはいけないからと、金岡編集長の提案だ。集まっていた企業の方々には、会社の衛生管理が少々疑われてしまいそうだけれど、この際致し方ない。

この件も含め、改めて両編集部で報告の場を設けることとなり、今日の打ち上げ的な会食は急遽中止となった。私としても正直そんな気分ではなかったから、中止になって良かったと胸を撫で下ろしていた……のだけれど。

「伊吹」

片づけも終わり、そろそろスタジオを引き上げようかという段階で、私は寺ちゃんに呼び止められた。

「なに？」

「このあと、ちょっとつき合え」

「えっ」

「打ち上げがなくなったんだから空いてるだろ」

そう言われてしまうと、断る理由がない。

「それは、そうだけど……」

「このまま帰るのは後味悪すぎんだよ……それにさっきのこと、なっつにもちゃんと説明したいし」

今日はこのまま帰りたいの、ひとりになりたいの、なんて言えるはずがない。理由を問われるに決まっている。

でも一方で、いったいなにがどうなっているのか、結局あのあとどうしたのか、ちゃんと訊きたいという気持ちもあった。

ただそれは、私のこのぐちゃぐちゃな心が整理できてからにしたかった。

「なっつだって、一方的にありさにあんなこと言われて、気分悪いだろ」

「まあ、それは……でも、こういうシチュエーションには慣れてますし」

「それは……本当、ごめん。毎度巻き込んで悪いと思ってる」

いつになく落ちこんでいる寺ちゃんを見ていたら、今、彼をひとりにしてはいけない気がしてきた。彼は一見どっしり構えていそうに見えて、意外と繊細な神経の持ち主でもある。それによく考えれば、私も誰かと話していたほうが、気が紛《まぎ》れるのかもしれない。ひとりで考えていたら、良からぬ方向に考えが及びそうだ。

「……わかった。でも、お兄ちゃんも一緒でもいい？」

寺ちゃんとふたりきりで飲みになんか行って、また誰かに誤解されるのはさすがに勘弁だ。

「おう、構わないよ。俺も冬馬と久しぶりに会いたいし。俺から連絡してみるよ」

「うん。じゃ、お願い」

軽く手を振って、寺ちゃんと別れる。

編集部に戻り、私は鞄の中にあるスマートフォンを二台取り出した。まずは仕事用のスマートフォンをチェックして、それからプライベート用のスマートフォンを手にして――

躊躇する。

『行って、伊吹さん』

『寺嶌さんのところに』

あの時の里見君の様子が、ずっと気にかかっていた。

もし今、里見君からなにかよくないメッセージが来ていたら……？

そう考えると、怖くてケースが開けられない。

その瞬間、スマートフォンがブーンと音を立ててドキリとする。指先の震えを感じながら、おそるおそる手帳型のケースを開けると、チャットアプリの通知が来ていた。

「冬馬、来れるって」

寺ちゃんからだ。

水の中でうまく息継ぎができない子供みたいに、私ははぁっ、と息を吐き出す。

あとに送られてきた待ち合わせ場所と時間を確認して、私は『了解』のスタンプを送った。

寺ちゃんが指定したお店は、この三人でよく飲みに行っている馴染みの和風居酒屋だった。大将とも話しながら飲むのでいつもはカウンター席が多いけれど、今日は話の内容が内容だけに、個室席に通してもらう。

この店の一番人気の厚切りハムカツがテーブルに並んだところで、兄の冬馬がスーツのジャケットを脱ぎながら怪訝そうに口を開いた。

「で、今日はなんで急に？」

「久しぶりに冬馬と飲みたかったんだよー」

寺ちゃんは嬉しそうに、持っていたグラスを兄の前に置かれたグラスにカチリとぶつけている。ジャケットをハンガーにかけ、寺ちゃんの隣に座った兄は寺ちゃんをじっと見つめた。

「……なるほど。で、なにがあったんだ、テラ」

寺ちゃんはがくりと項垂《うなだ》れ、「やっぱ冬馬だなー」と力なく笑っている。

うちの兄は、人の、そういうちょっとした変化に聡《さと》い。私も学生時代、学校で嫌なことがあったりすると、顔に出していないつもりでもすぐに気づかれていたものだ。

「さすがに今日は、ちょっとしんどかったんだ……」

「だから、なにがあったんだよ」

「寺ちゃんの、いつもの女性問題。例のごとく、私も巻き込まれた」

気にしていそうだなと思い、私はわざと冗談めいた明るい声で言った。寺ちゃんは「いつものとか言うなよ」と、前髪をぐしゃりと摑んでふて腐れ気味だ。

「……今回は、ちょっとわけが違うんだよ」

「だから勿体ぶるなって。ここに呼ばれて俺だけわかんねーの、仲間はずれみたいで嫌なんだけど」

兄は文句を言いながら、たこわさを口に運んでいる。

「私もよくわかってないよ」

私がわかっていることは、池尻ありさに、寺ちゃんと私がつき合っていると思われていたということと、それによって逆恨みされていたことぐらいだ。

あとは……里見君も、この件になにかしらかかわっているらしい、ということ。

「学生時代ならともかく、なんで今ごろ菜津がテラの色恋沙汰に巻き込まれてるんだよ」

「私もそこは不思議なんだよね」

兄妹で詰め寄ると寺ちゃんは、はあ、と大きくため息をついた。

「……ありさは……ああ、ありさってモデルの池尻ありさのことだけど。彼女はどっかで、俺となっつが仲良さそうに話しているのを何度か見かけたらしくて」

私と寺ちゃんの接点といえば、仕事上では『Men's Fort』の現場しかない。

彼女がなぜ、どこで。頭の中に、疑問が浮かぶ。

「なにお前、池尻ありさから言い寄られてんの？」

兄は「いいじゃん池尻ありさ、美人だし」と言いながら、ビールを喉に流し入れている。

「あのな……『綺麗な薔薇《ばら》には棘《とげ》がある』って言うだろ。あいつはそれを地で行ってるんだよ。まあそもそも俺から薔薇に近づいたわけじゃなくて、向こうから近づいてきて俺は棘に刺されたんだけど」

「なんだ、モテ自慢か」

「違うわ、アホ」

いつものようなやり取りが目の前で展開していることに、少し安堵《あんど》する。寺ちゃんはまたため息をつきながら話を続けた。

「……ありさは初めて会った時から、やけに人懐っこく接してきてさ。この業界はわりとそういう感じの人間はいるから、特に気にすることなく俺も普通に接してたんだけど」

寺ちゃんはいつもなら真っ先に箸を伸ばす厚切りハムカツには手もつけず、お通しのオクラの胡麻《ごま》和えを、ただ箸でつついている。

「なにをどう勘違いしたのか、ありさは俺に好かれてると思っていたらしいんだ」

「……あのさ。落ちこんでるとこにダメ押しになるかもしれないけど」

兄は茄子《なす》の漬物をつまもうとしていた箸を置き、寺ちゃんのほうを向いた。

「テラは変に優しいところがあるから、昔からよく勘違いされてきただろ。それで何度も痛い目をみたことを忘れたとは言わせないぞ」

「……うん。それでなっつも巻き込んで、冬馬に何度も怒られたのももちろんよく覚えてるよ。でも今回は誓って、一切そんな素振りを見せたつもりはないんだ」

寺ちゃんはそう言って項垂れている。

「でも、断ったんでしょ……？　メイクルームで池尻ありさに言ってたよね」

『俺は二度も、きちんと断った』

寺ちゃんは確かにそう言っていた。

普通ならば一度断れば終わる話だろうけれど、池尻ありさの様子からして簡単には終わらせてもらえなかったのだと想像がつく。

「断るというか……あいつの頭の中では、勝手に俺とつき合っていることになっていたらしくてね」

「……どういうこと？」

私は兄と顔を見合わせた。

「仕事終わりに何度か『ご飯に行こう』って誘われて、俺は仕事上のつき合いとして誘いに乗ったんだけど……今考えれば、それが間違いだった」

それから寺ちゃんが話してくれた内容はこうだ。

池尻ありさにご飯に誘われ、アシスタントも一緒に行こうとすると、相談事があるからと言われて仕方なくふたりきりで行くことになった。

何度目かの食事の時、「今度あそこに連れていって」とか「温泉に泊まりに行こう」とか、つき合ってもいないのに言われたことに違和感を覚えていると、その帰り道には彼女から腕を組んできたという。

その日からチャットアプリのメッセージが毎日届き始めて、さすがにまずいと思った寺ちゃんは、勘違いだったらごめん、と前置きをした上で『俺にはつき合ってる女性がいるから』と、池尻ありさに電話ではっきり伝えたらしい。

「電話で、っていうところがテラらしいな」

「本当は直接会って話したかったんだけど、予定が合うまで延ばしてると余計に誤解されそうでさ。文字だけだと間違った解釈をされるかもしれないし」

私はさっきの寺ちゃんの言葉に、引っかかりを覚えた。

「もしかして、その時に『つき合ってる女性がいる』って言って断ったから、相手が私だと勘違いされたってこと？」

「……多分な。でもその時彼女がいたのは嘘じゃねーし。しかも別れたのは、ありさからのメッセージを見られたのも原因のひとつだよ。最悪だろ？」

寺ちゃんは半年ほど前、約二年つき合った彼女にフラれていた。まさか、そのことも池尻ありさが関係していたとは。

「それで話した時、池尻ありさの様子はどうだったの？」

「電話だから表情はわからなかったけど、少なからずショックを受けてた感じではあった」

これまでも池尻ありさの恋愛は〝なんとなく〟始まってきたのだろうか。

そう考えてから、今の私も〝なんとなく〟続いているのだと気づいてしまう。

同じだ……彼女と。

「ショックを受けても、納得はしてくれなかったのか？」

兄は眉根を寄せた。

「ちゃんと納得されていたら、俺も『Bijoux』の仕事まで降りたりしてない」

夢見心地でいた彼女が、真正面から現実を突きつけられた気持ちはどんなだろう。

おそらく話の流れから想像すると、寺ちゃんからの言葉が受け入れられなくて、心の中で『なかったこと』にしたのかもしれない。

それから池尻ありさは偶然を装い、寺ちゃんと会うようになったらしい。最初は本当に偶然だと思っていた寺ちゃんも、数回目からおかしいと気づいて再度本人に問いただすと、メイクルームの時のように逆上されてしまった、と。

その後、モデル仲間に寺ちゃんに関するあることないことを吹聴して回られ、さすがに見過ごせなくなってしまった。

「彼女のマネージャーの話によると、悪い噂を流したのは自分以外の女性を俺に近づけないためだったらしいけど、名誉毀損だし、営業妨害以外のなにものでもなかった。実際実害もあったし、正直、一部ではまだそれを引きずってる。でも訴えるとか大ごとにはしたくなかったから、向こうの所属事務所とうちとで話して、ありさを俺に近づけないという約束を取りつけたんだ。で、『Bijoux』の編集長にも大体の事情を説明して、仕事を降りたってわけ」

兄も私も、考えていた以上の内容に絶句してしまっている。

寺ちゃんの話を聞く限り、池尻ありさは悪質なストーカーだと言っても過言ではない。

前にヒロコちゃんが『彼女はいわゆる天然とかそんな感じでもなくて、計算してやってるような気がするんだよね』と言っていたけれど、それはある意味では当たっていて、ある意味ではそうではなかった、ということか。

「なら今回のことも、メイクさんのことがあった時に『Bijoux』の編集長がいてくれてたら……」

「本当にそう思うよ。スタジオに戻ってきて、そこにいた人間から事情を説明されていた時にありさの叫び声を聞いたらしく、慌ててメイクルームにすっ飛んできたよ。でも結局、彼女でもどうにもならなかったけどな」

だから私が駆けつけた時にはすでに、『Bijoux』の編集長が部屋から出てきたところだったのか。

では、あのことは……。

私は意を決して、寺ちゃんに尋ねた。

「あの……あの時さ。池尻ありさが、里見君になにか頼んだとか言ってたけど……」

「……ああ。俺がなっつと本当につき合ってるのか探らないと画像をばら撒くって、脅してた話な」

ひとしきり話して少しすっきりしたのか、寺ちゃんは「ちょっとだけ待って」と言って冷えたハムカツをおいしそうに頬張り、ぬるくなったビールでそれを流し込んだ。さっきまでは、食べる気も起きなかったのだろう。

「里見と言えば、このことがあるまで俺は、ありさは里見とつき合ってるもんだと思ってたんだよ」

寺ちゃんのことを考えていて、すっかり油断していた。

心臓が声高に脈打っている。今、目の前には聡い兄がいる。なにかを勘づかれないようにと、私はビールに手を伸ばし、喉に流し入れる。

苦味が、シュワリと音を立てて口内に迸《ほとばし》った。

「里見、って誰？」

「里見廉って、なっつのいる『Men's Fort』専属のモデルだよ。最近の大きな仕事は時計の有名ブランド、アリストの広告かなー。有名なバンドのミュージックビデオにも出演してる。今度ありさと一緒に、深夜ドラマに出るよ」

ふうん、とあまり興味がなさそうな返事をしながら、兄もハムカツに箸を伸ばしている。兄はファッション誌は読まないから、アリストの広告もおそらく目にしたことはないだろう。

「……私も知り合いから、池尻ありさは里見君の元カノだって聞いてたけど、ふたりはつき合ってなかったの……？」

寺ちゃんは口をぎゅっと結んで、こくりと頷いている。

「どうもそうらしい。俺もつき合ってるって噂でも聞いてたし、なにより実際仲良さげに一緒に歩いているところを何度か目撃してたからさ」

「目撃……」

ふと、ある考えが頭に浮かぶ。

まさか……でも。

「あの、さ……それは、寺ちゃんが彼女と一緒に仕事し始めてから……？」

「どうだったかな……ああ、初めて彼女のヘアメイク担当になった時に、銀漢社近くの中華の店がうまいって話で盛り上がって、それからその店の前で初めて目撃したから……うん、そうだな」

自分の中で立てた仮説が現実味を帯びていく。

「もしかしたら、だけど……」

「自分を意識させようとしたのかもな、テラに」

どうやら兄も同じことを考えていたらしい。兄を見ると、先に言ってやったと、勝ち誇ったような笑みを浮かべている。

「……どういうことだよ」

「他の男と一緒にいるところをテラに見せて、嫉妬心を抱かせようとしたんじゃないかってことだよ」

「はぁ？　ふたりともそれなりには忙しいんだし、そもそもそんなにタイミングよくいくか？」

言ってから、寺ちゃんは渋い顔をする。

「……いや、ありさならありえる、か……」

「さっき、偶然を装って待ち伏せされてたって言ってただろ？」

「私も、その可能性は高いと思う」

寺ちゃんは「まじかー……」と言いながら、頭を抱えて大きくため息を吐き出した。

「でも本当にそうだとしたら、里見はありさにどこまで利用されてたんだよ……あんな画像なら、事務所の力でいくらでももみ消せただろうに」

「…………あの、さ」

知りたい知りたくない知りたい知りたくない。

「ん？」

「あの、どんな画像だったの……？　里見君の……」

相反する気持ちがせめぎ合って、結局、訊いてしまった。

鼓動が、どくどくと煩い。やっぱり、耳を塞ぎたくなってきた。でも、もう遅い。

頭を抱えていた寺ちゃんは、こちらに視線を向けた。

「……里見のために、ここだけの話にしといてくれよ。ありさが持っていた画像は——」


外はいつの間にか小雨が降っていた。アスファルトから立ちのぼる独特な匂いが、街中に充満している。土臭いような埃《ほこり》くさいような、あまりいい匂いとは言えないけれど、不思議と嫌いじゃない。

寺ちゃんと駅で別れた私たちは小走りにタクシープールに行き、一緒にタクシーに乗った。兄が暮らしている家と方向が同じだということもあるけれど、早く兄に寺ちゃんからもらったワインを渡したかった。

「菜津」

ぼんやり、窓に線を描く雨粒を見つめていた私に、兄が声をかけてきた。

「……なに？」

「お前も、なんかあった？」

やはり、兄は聡い。

「ん？　なにもないよ」

笑いながら言ったつもりだったけれど、うまく笑えず、なんだか少し投げやりな言い方になってしまった。

「なにもない、って顔じゃない」

「寺ちゃんの話、聞いたでしょ。今日は年に一度あるかないかの大きい仕事の仕切りだったし、わけもわからず一方的に責められたりして、ちょっと精神的にも疲れてるだけだよ」

嘘は言っていない。

「菜津はいつもひとりで抱え込むから心配なんだ」

久しぶりに聞く私を気遣う声に、泣きそうになってしまう。

兄はどちらかと言えば口数が多いほうではないけれど、昔からいつも私や家族を気遣ってくれる優しい心の持ち主だ。

「……ありがとう。でも大丈夫」

だから、気づかれたくなかった。心配をかけたくなかった。

「俺には話さなくてもいいけど、とにかくひとりで抱え込むなよ」

「……うん、わかってる」

家に着き、兄にワインを渡して、私はひとり真っ暗な部屋に戻る。

蒸し暑さに耐えかねて、部屋の照明よりも先にエアコンを入れた。

『あー涼しー』

エアコンの下の、風がよく当たる場所に、タオルで頭を拭きながら気持ちよさそうにしている、いつかの里見君の幻影が見えた。

キッチンにも、ソファーにも、ベッドにも。この家のあちらこちらには、里見君の欠片が色濃く残っている。消えても、また欠片は形を成して、別の場所に現れる。たとえ里見君がこの家に来なくなったとしても、それはきっと当分の間、ふとした時に現れ続ける。

寺ちゃんの話によると、池尻ありさが持っていた画像には、ホテルのベッドに上半身裸で横たわる里見君の姿と、その隣に今タレント活動をしている元『Bijoux』専属モデルの女性が写っていたらしい。

池尻ありさとはつき合っていなかったけれど、やはり〝野良猫〟が出入りしていたのは私のところだけではなかった、ということなんだろうか。

『俺がなっつと本当につき合ってるのか探らないと画像をばら撒くって』

さっきの寺ちゃんの言葉が、耳の奥に聞こえた。

探りを入れるだけなら、なぜ私を抱いたりしたの。

「わっ」

プライベート用のスマートフォンを消音モードオフにした瞬間、通知音が鳴ってびっくりする。

メッセージは、寺ちゃんからだった。

『今、電話しても大丈夫か？』

さっきまで散々話していたというのに、どうしたというのだろう。

私は部屋の明かりをつけながら、スマートフォンに登録してある寺ちゃんの番号をタップした。

「……ああ、悪いな。そっちからかけさせて」

「ううん。それより、さっきまで一緒にいたのに電話なんて、どうしたの？」

「……いや、さっきは冬馬がいたから話しにくかったんだけど」

なにかを予感して、鼓動が緩やかに上昇していく。

「……なに？」

「里見からなっつのところに、実際なにか探り的なものはあったのかな、と思って」

ドクン、と体の中心で音がした。

訊かれると思っていた。

きっと寺ちゃんも兄同様、私になにかあったらと、心配してくれているのだろう。それも自分がかかわっていることだから、なおのこと。

「あー……」

話したほうがいいだろうか。

それともなにもないと、やり過ごしたほうがいいだろうか。

私は逡巡しつつも、一度閉じた口を再び開いた。

「……前に里見君が酷く酔って私が家まで送っていったことがあったんだけど、トイレを貸すために一度うちに寄ったから、その時に男の気配があるかどうかぐらいは探られたかもしれない」

寺ちゃんに話せる、ギリギリのラインを探った。

「思い当たるのは、それだけ？」

「……うん、多分」

電話の向こうから、大きく息を吐くような声が聞こえる。

「ならよかった……まあ、実際俺らはつき合ってないんだから、里見になにを探られても問題はないけど、なっつが傷つくようなことがあったらと心配になってさ」

傷口に塩水が染みたような、ピリリとした痛みが走る。

「……ありがと」

「里見は素直そうに見えて、なにを考えているか摑みどころのない時があるからな」

強く同意したい気持ちに駆られるけれど、ここは「そう?」と受け流しておく。

「本当に、巻き込んで悪かった」

「寺ちゃんだって、悪くないでしょ」

「まあ……うん」

わずかな沈黙のあと、寺ちゃんがこれまでの神妙な口調から打って変わり、少々呆れたように「つーかさぁ」と言った。

「なっつは、つき合ってる男はいねーの」

「えっ……な、なに、突然」

「……ああ、つき合ってる男がいたら里見に怪しまれていただろうから、それはないか」

自分から話をふっておいて、勝手に自己完結しないでほしい。

「ちょっと……バカにしてる?」

「いやいや、そうじゃなくてさ。なっつに全然男の影がないから、血の繋がってないほうの兄貴としては心配なわけですよ」

「余計なお世話」

そう言うと、寺ちゃんは電話の向こうでゲラゲラと笑った。

「誰からもお誘いはないのか?」

私は大きくため息をついてやった。

「残念ながらありません」

「ということは……まだ……ふうん……」

寺ちゃんは、ひとりでぶつぶつとなにか言っている。メンタルを心配していれば随分と元気そうじゃないかと、電話を切ってやろうかと思ったところで「てっきりもうデートぐらいはしてるのかと思ってたんだよな」と妙な言葉が聞こえてきた。

「……は？　誰と？」

「孝太郎さん」

「コウタロウ……って誰？」

「自分とこの編集長の名前も知らないのかよ」

「はあ⁉」と、自分でも驚くぐらいの大きな声が出てしまった。

普段、金岡編集長、としか呼んでいなかったから、下の名前を失念していた。

「か、金岡編集長と、ってなんで」

「いや、孝太郎さんと飲むとよくなっつの話をされるんだけどさ、ちょっと言い方が普通の仕事仲間に対する感じじゃないんだよな」

「それは寺ちゃんと私が幼馴染だって知ってるから、くだけた雰囲気で言ってるだけでしょ……」

言いながら、そう言えばこの間「決起集会だ」と言って、さしで飲みに行ったことを思い出す。

まさか……いやいや。本当にあの時はほぼ仕事の話だったし。

「だから今回、もしふたりがそういう関係になってたら、仕事がやりづらいんじゃないかと思ったんだよ」

いつかの合同企画の打ち合わせで、そう言えば寺ちゃんはそんなことを言っていた。その時は、里見君とのことを勘づかれたのかとヒヤヒヤしたけれど、まさか金岡編集長とのことだったとは。

「ま、関係が進展した暁には三人で飲もう。お祝いしてやるよ。じゃ、今日はサンキューな」

「ちょ……っ、寺ちゃん……！」

寺ちゃんは言い逃げするように早口でそう言って電話を切った。

「もうなんなのよ……」

こっちはただでさえ、里見君のことで頭がいっぱいだというのに。

余計な置き土産までされて、今夜は眠れる気がしなかった。

Ａｃｔ６：野良猫は傷口を舐める

デスクに置かれていたスマートフォン二台のうちの片方が、小さく震えた。着信を知らせたのは、プライベート用のスマートフォン。いつもなら自分の鞄に入れておくのだけれど、今日は敢えて表に出している。

「はいはい……と」

『投稿をシェアしました』の通知は、ドラマキャストのインスタグラムからだった。

今日は里見君の初出演ドラマ『そんな恋などどこにも転がってない』の初回放送日。我が編集部はドラマの全面バックアップを公言しているため、里見君の写真や記事がアップされた時は、『Men's Fort』公式ＳＮＳでの拡散を積極的に行っている。

とはいえ、編集部はギリギリの人員。誰かひとりをネット専属にするわけにはいかず、ホームページ以外のＷＥＢ業務はスタッフ持ち回りで請け負っていた。今日は初回放送日ということで、雑誌の企画でドラマにかかわっている私が担当している。

更新の通知は会社のパソコンにも届くけれど、フォローしきれない部分を自分のスマートフォンでカバーしている、というわけだ。

また通知。今度は里見君のオフィシャルツイッターだ。

「あ、オフショット」

里見君と、キャストの男性若手俳優がツーショットで写っている。これは一話で出てくる場所なんだろうか。どこかのビルの壁に、ふたりで凭れながら腕組みしている。

私はさっそく、矢印が回っているマークをクリックした。


ゆうべは案の定、眠れなかった。

里見君が私のところに来るようになったのは、本当に探りを入れるためだけだったのか……。

結論の出ないことをぐるぐる考えても仕方がないというのに、止められなかった。合鍵を受け取ってくれたことですら、なんの慰めにもなっていない。

里見君からの連絡は、今のところなし。雑誌の撮影のあとはドラマの撮影が立て込んでいると関係者からスケジュールを聞かされていたし、来なくてもおかしくはないけれど、今度こそこのまま連絡が途絶えるんじゃないかと、不安が募る。

ふと、デスクに置いている卓上の小さな鏡が目に入った。以前在籍していた女性誌の付録だけれど、鳥と草木の模様が描かれたデザインも、邪魔にならない大きさも気に入っていて、いつもはデスクで昼食を食べたあとの口元チェックに使っている。

手に取って顔を映してみると、コンシーラーでは隠しきれないクマが目の下に鎮座した上、ファンデーションが浮き上がっていて化粧のりも最悪だった。

「酷い顔……」

寝不足のせいか、はたまた疲れ目のせいか、鏡を見ていたら目がしょぼしょぼしてくる。

「……だめだ、コーヒー飲も」

立ち上がり、自分のマグカップを持ってコーヒーメーカーがある場所へ向かおうとすると、「伊吹もコーヒーか？」と後ろから声がかかった。

声の主は、金岡編集長。

「あ……はい」

寺ちゃんから余計なことを吹き込まれてしまったせいで、変に意識してしまう。

「俺が伊吹のぶんも淹れてきてやるよ」

持っていたカップへ、金岡編集長の手が伸びてきて焦る。

「いえいえそんな！　むしろ私が金岡編集長のぶんを淹れてきますから」

「じゃ、仲良くふたりで行くか」

いつもならさして気にならない言葉も、昨日の件でやけに気になってしまう。仕事がしづらいことこの上ない。まったく、寺ちゃんめ。どうしてくれよう。

コーヒーメーカーを確認すると、誰が最後に飲んだのかガラスポットがほとんど空になっていた。

「あーもう、最後に飲んだ人は電源切るなり補充するなりしてよ……」

「確かに危ないな。安全装置がついてるから火事にはならないだろうが、うちも『Bijoux』の編集部みたいにカプセル型のものを導入するか……」

そう言いながら、金岡編集長は手早くドリッパーをはずし、ガラスポッドを手にしている。

「あー編集長、それは私が……！」

「給湯室行くぞ」

慌てて金岡編集長の背中を追いかけていると、編集長の後頭部の髪がぴょんと跳ねているのに気づいた。普段は完璧に整えているのに。めずらしい光景に、まじまじと見てしまう。

「編集長、後頭部の髪、跳ねてますよ……」

私は給湯室に入ってすぐ、どうしても気になって金岡編集長に言ってしまった。

「あ、やっぱり出てるか？」

彼は頭を押さえながら、こちらに振り返った。

「はい、一か所ぴょこんと」

「まいったな……実はこれでも直してきたつもりなんだよ」

私がガラスポッドやらを洗っている隣で、金岡編集長は髪に水をつけて必死に寝癖を直している。

「直った？」

編集長は私のほうにくるりと背中を向けた。

「ああ、寝癖はそこじゃなくて……」

言いながら、私は思わず金岡編集長の後頭部に触れてしまった。

……まずい。

そう思った時にはすでに、給湯室には変な空気が流れていた。

「あっ、あ……す、すみません……昔、よく兄の寝癖を直してあげてたんで、その癖でつい……編集長に大変失礼をいたしました」

兄の寝癖を直すなんてことは過去一、二回ほどしかなかったけれど、ここは嘘で切り抜けるしかない。

「いや、別にいいけど……で、直った？」

「はい……一応」

早くここを出たい。距離を取りたい。

私は洗ったものを素早く布巾で拭くと「行きましょうか」と言い逃げるようにして、そそくさと給湯室をあとにした。


夜。早々に夕食を済ませ、私はいつもよりだいぶ早めにシャワーを浴びた。もう真夏がそこまで近づいているからか夜も気温が高いままで、シャワーをいつもよりぬるくしても、浴室を出た瞬間から汗が噴き出してくる。

髪を拭いたタオルを首にかけながら、冷蔵庫を開ける。ひんやりした冷気が、火照った顔に気持ちいい。

「あと二本……か」

悩んだけれど、ドラマを観ながら飲むのはどうしてもグリエにしたかった。

私は里見君が買ってきてくれた緑色の瓶を手にすると、お気に入りのグラスを持ってリビングのソファーへと腰かける。

テーブルに置いていたスマートフォンには、ドラマ公式SNSからスタート前最後の通知が届いていた。

「今晩十一時からいよいよスタートです。みなさん、テレビの前で全力待機ですよー！」

更新された動画には、里見君のほかに山岸蘭と池尻ありさも映っていた。

こんなふうに画面越しで観る里見君は、やっぱり芸能人で、よく知っているはずなのに知らない人のようにも思える。だからなのか、姿を見ても胸の痛みを感じずに済んでいる。

動画の下に羅列されたハッシュタグには『いよいよあと一時間』、『ワクキュンあります』などのほかに、『今日はキャスト全員で一話を鑑賞』と書かれていた。

「そっか……みんなで観るんだ」

きっとあの時はああだったこうだったと言いながら、賑やかに観るのだろう。

言葉にできない気持ちを持て余しながら、私はグラスにグリエを注ぎ入れた。しゅわりと躍る気泡が、グラスの表面でパチパチと弾ける。

ライトに照らされてキラキラしているそれは、まるでテレビの中の世界みたいだ。煌《きら》びやかで、華やか。自分のいる場所とは、なにもかもが違う。

グラスをぼんやり見つめていると、突然スマートフォンが甲高い音を鳴らしてドキリとした。

「なんだ……アラームか」

そういえばドラマの開始時刻を忘れないようにと、設定していたことを思いだす。

「……今、メッセージなんて来るはずないのに」

私はひとりで苦笑しながら、テレビをつけた。

里見君扮するミツジは、海外でも活躍する売れっ子モデル。なのに、なぜか安アパートに住んでいる。しかも、普段はむさくるしい恰好に変装していた。ひょんなことから隣に住む主人公のひよりと知り合いになり、顔を合わせれば憎まれ口を叩《たた》く間柄となる。

『こんな時間からお出かけですか』

『そういうあんたも、今日もコンビニ飯ですか』

あ、ここ……。

以前、里見君に頼まれて、台本の読み合わせをしたところだ。

知っているシーンが出てくると、なんとなくドキドキしてしまう。

里見君はあの読み合わせの時以上に、いい芝居をしていた。全然、ヘタなんかじゃない。山岸蘭も子役出身だけあって、かなりの演技力だ。

「私の棒読みセリフとは大違い……」

読み合わせの時を思い出して、恥ずかしくなる。

そのうち、山岸蘭扮するひよりに好意を寄せる男性なども現れ、私は純粋にドラマにのめり込んでいった。

『自分から行動を起こさねーでどうすんだよ。いつまでも受け身でいたら、望むほうになんか進まない』

ドラマの終盤、ミツジのセリフにドキリとする。

いつまでも受け身でいたら、望むほうになんか進まない——。

いったい私はいつまで受け身でいるつもりなのだろう。もしも、里見君が目の前から消えてしまうのなら、一か八か、本心をぶつけてもいいのかもしれない。そう思うのに、その一歩が踏み出せない。

ふと気がつけば、もう次回予告が流れていた。

『恋コロ』は純粋にドラマとして面白く、もう次が待ちきれなくなっている。ミツジの、モデルの仕事に対する真摯な姿勢は、里見君そのもののようにも感じた。

私は居ても立ってもいられず、スマートフォンを手に取る。今、彼が仕事中だということは、よくわかっている。でもドラマを観終わった瞬間のこの気持ちを、どうしても里見君に伝えたくなった。

送信ボタンを押し、氷が解けてぬるくなったグリエを飲み干す。

片づけも終え、メイク用品が入った引き出しからパックを取り出して荒れかけていた肌に乗せると、なんとなくそのままソファーに横になってしまった。

「横になったらだめ。このまま寝ちゃう……」

自分への忠告も虚しくウトウトしかけた頃、スマートフォンの着信音が鳴って飛び起きた。

「も……もしもし」

「……もしかして、寝てた？」

里見君の声が、優しい。

「ちょっとだけ、ソファーでウトウトと……」

「エアコンの温度下げたままで寝たら、風邪引くよ」

まるでどこかで見ていたかのような指摘で、苦笑する。私は二十五度設定のままだったリビングのエアコンを止めた。

「さっそくの感想、ありがとうございます」

里見君が、電話の向こうで丁寧に頭を下げている図を想像してにやけてしまう。

「ごめんね、仕事中なのに」

「ううん。ちゃんとリアタイしてくれたんだなって、めちゃくちゃ嬉しかった」

電話の背後に、微かにざわつく声が聞こえた。

「今、電話してて大丈夫なの……？」

「ん、ちょっとなら。すぐに戻らないといけないけど」

「なんか、ごめんね」

「さっきから、ずっと謝ってるね」

そう言って、里見君は笑う。

「俺が、声が聞きたかったの」

「……えっ」

「……あ、やっぱり呼ばれた。こっちこそごめん。じゃ、おやすみ」

私が「おやすみ」と言い終わらないうちに、電話は切れてしまった。きっと誰かが近くに来てしまったのだろう。そんな気配も感じ取れた。

「まさか、電話をかけてきてくれるなんて……」

里見君は、特に変わった様子はなく、いつもと同じように思えた。

『俺が、声が聞きたかったの』

聞き間違いではなかった、はず。

「そんなことを言われたら、都合のいいほうに考えちゃうでしょ……」

ここにはいない里見君に文句を言ってやる。

ふと時計に目をやると、パックしてから二十分以上が経過していて驚いた。

「ヤバっ！　乾燥して皺になっちゃう！」

慌ててパックを顔から剝がし、頬を手のひらで押さえて美容液を肌に浸透させながら、嬉しい言葉もジワリと心に沁《し》み込ませた。

＊　＊　＊

ドラマの初回放送日から三日が経過し、『Men's Fort』編集部も週の頭から九月号の最終締め切りに追われていた。『Bijoux』との合同企画である、ドラマキャストの特集ページ担当の私も、当然のことながら校正作業に追われ、さらに次月の原稿までのしかかってきてパンクしそうになっている。

その里見君のドラマ『恋コロ』の視聴率は、月曜の今日発表になった。

世帯視聴率は十・〇二パーセント。この枠の最近の視聴率が一桁台だったことを考えれば、かなり順調な滑り出しだ。きっと今頃、ドラマ関係各所はニコニコしていることだろう。

ネットの評判もまずまずの高評価。「ミツジ役の人かっこいい」と、里見廉を知らなかった人たちからも少なからず反応がある。ドラマ終了直後は、深夜ドラマにもかかわらず『恋コロ』のハッシュタグがトレンドの三位まで登りつめた。

一方、あれからの池尻ありさはどうなっているかといえば、『Bijoux』の担当さんの話によると、どうやらすでに決まっていた十一月号の表紙を辞退したいとの申し入れがあったようだ。表向きは辞退をしたという形だけれど、もしかしたら『Bijoux』側からやんわりと促されたのかもしれない。

メイクルームでの〝本当の出来事〟は、もちろん各所には伏せられたままだ。ただ、スポンサーやらドラマ班やら、メーカーのお偉いさんまでがいた現場を混乱させ、両編集部に迷惑をかけたのだから当然のペナルティだろうと思う。あの時の、ありさのマネージャーの青白い顔を思い出すと、いろいろと気の毒になってくる。

しかし……。

里見君は本当に池尻ありさに脅されていたのだろうか。

ふたりは本当につき合っていなかったのだろうか。

ベッドで一緒に写っていた女性との関係は……？

なにもかもがわからないままで、時だけが足早に過ぎていく。

その里見君とは、相変わらずの関係だ。あの夜の電話以来、メッセージすらもやり取りをしていない。

「伊吹ー！　外線三番」

「はい！」

私はとりあえず諸々のことを頭の隅に押し込めて、仕事に埋没した。

この、私のうだうだした性格は、今に始まったことではない。

遡れば小学校高学年の時、密かに思いを寄せていた男の子が私のことを好きらしいと同級生の女の子から聞いて、告白しようかどうしようかとしばらく悶々《もんもん》としていたことがあった。

　そのうち、その男の子は他の女の子とつき合い始めたと、よりにもよって本人の口から聞かされた。彼が本当に私のことが好きだったのか、今となってはわからないけれど、小学生なんてまだ恋愛の〝れ〟の字もよくわからない子供。好きだという感情も曖昧で、移ろいやすかったのかもしれない。

　さらに中学の時は、いつも優しくしてくれる同級生の男の子を好きになり、バレンタインデーに告白しようとチョコレートまで用意したのに、結局渡せないまま卒業してしまった。

　こんなエピソードは過去を掘り返せば、些細なものを含めるとわんさか出てくる。まさにミツジのセリフ『いつまでも受け身でいたら、望むほうになんか進まない』を地でいっている人生だ。

　テレビ情報誌の目次を確認してからページを開くと、そこには里見君と山岸蘭のツーショットが掲載されていた。一枚はドラマの衣裳、もう一枚はタイアップのブランドの洋服を着たもの。うちの誌面に載せる予定のピンナップと趣向が同じだなぁ……などと、先に発売されたことを悔しく思ってしまう。

　改めて、並んで写っている笑顔のふたりを見る。やっぱり里見君の隣には、こういうかわいい女性がお似合いだよね、と素直に思ってしまった。でなければ、きっと世間様は許さない。

　里見君の横に自分の姿を重ねてみたけれど、やっぱり不釣り合いだと、自分の中の誰かが笑った。

『恋コロ』の放送日でもある金曜の今日、修羅場を脱した私は仕事を定時で上がり、散らかりすぎた部屋を必死で片づけていた。その合間に数日前、コンビニで買っておいたテレビ情報誌が目に入った、というわけだ。

「わ、もうこんな時間！」

　気がつけば午後八時を回っている。そろそろご飯を作って食べて、シャワーを浴びなければ『恋コロ』に間に合わなくなってしまう。

　今日は簡単にチャーハンと冷凍餃子《ぎょうざ》にしようと調理を始めていると、インターフォンが鳴って驚いた。

　この部屋に来る人間なんて、ものすごく限られている。

『こんばんは』

　インターフォンのモニターにはブランドの黒いキャップを被り、薄く色がついたサングラスを鼻先まで下げた里見君が映っていた。

　ドアを開けると、彼はちょっと申し訳なさそうな顔をしていた。

「ごめん、突然」

　今日はなぜ、突然来たことを謝るのだろう。連絡もなく来ることは、これまでにだって幾度もあったし、こんなふうに謝られることもなかった。

「ううん……って、合鍵で入ってくればよかったのに」

私の言葉に、里見君は一瞬だけ驚いたような、なんとも言えない顔をした。

「いや……もしかしたら内鍵かかってるかな、と思って」

里見君は、苦笑する。

確かに言われてみれば、今日は内鍵をかけていた。

「そっか。あ、とにかく入って」

「……うん」

今日の里見君は、いつもと違う……気がする。

「今日は、仕事だったの？」

そういう私も、里見君の目にはいつもと違って見えているかもしれない。

声のトーンはおかしくなかっただろうか。もういつもどおりがよくわからない。

「うん。でも明日は久々に完全オフ。ドラマの撮影が天候に左右されずにサクサク進んだから、予備日だった明日が空いたんだ」

「そうなんだ」

明日休みということは、泊まっていくのだろうか。持っているバッグはいつもと同じ、小さめのボストンバッグだ。

「晩ご飯は？」

「ああ……まだだけど、コンビニで買ってきた」

里見君は手にしていた袋を掲げた。

これまでも何度か、食べるものを自分で調達してきたことはあった。

でも、なんだろう。違和感が、拭えない。ざわめきが、耳の奥のほうから聞こえてくる。

私はその正体を知るのが怖くて、ちょうど手にしていたヘラを、わざとおどけながら顔の前に掲げた。

「実は私も、今からなんだよねー。今日はチャーハンと、冷凍ものだけど餃子にしようと思って」

「えっ」

「ご飯一緒に食べたいから、できあがるまで待っててもらってもいい？」

里見君は眉尻を下げ、足に縋りつく子猫のような表情をする。

……なにそれ、かわいすぎでしょ。

「俺もそれ食べたい……って言ったら怒る？」

思わず笑ってしまった。

「怒らないよ。でも、里見君が買ってきたものは？」

「唐揚げ弁当なんだけど……あ、この弁当のご飯をチャーハンに使ってさ、唐揚げはふたりで食べない？」

「それはいい考え」

些細な違和感は、なぜか一瞬で拭い去られた気がした。

私は炊飯器の中のご飯と、里見君が買ってきたお弁当のご飯でチャーハンを作り、もう一方のコンロで餃子を焼いた。

「わー、いい匂い！　うまそう。スゲー腹減ったー」

ソファーに座っていて、と言ったのに、里見君はずっとキッチンで料理ができあがるのを待っている。市販の素《もと》を使った簡単なチャーハンと冷凍の焼き餃子を、こんなにワクワクして待っていてくれると作り甲斐もあるというものだ。

最後に唐揚げを電子レンジで温め、ふたりでリビングにお皿を運んだ。

「じゃ、いただきまーす」

本当にお腹が減っていたらしく、里見君は手を合わせるとさっそくチャーハンにがっついている。

「めちゃくちゃパラパラで、んま！」

「よかった。ちょうどネットの動画で簡単にご飯をパラパラにできる方法を知ったばかりだったから、試してみたかったの」

里見君は満面の笑みをこちらに向けた。

「我儘言ってよかった」

こんな幸せを、私は本当に手放せるの……？

このままではいけないと思っているのに、あまりに幸せすぎて立ち止まってしまう。

もうこの状態を、私は何度繰り返しているのだろう。いつか里見君が離れていってしまうことを考えたら、自分から踏み出したほうが幾分、傷が浅いとわかっているのに。

「……どうしたの？」

私の手が不自然に止まっていたから、気になったのだろう。

「あ、ううん。なんかスープもつければよかったかなと思って」

「グリエがあるから、スープがなくても大丈夫だよ。在庫がなくなっちゃったから、今度来る時にまたグリエ買ってくるね」

「……うん」

〝また〟という言葉に、やっぱりほっとしてしまう。

私はどうすればもっと、強くなれるのだろう。


里見君のあとでシャワーを浴び、私がリビングに戻ると『恋コロ』が始まる十分前だった。生乾きでもいいやとざっとドライヤーをかけ、慌てて里見君の横に座る。

「そっか。今日は里見君と一緒に観られるんだ、ドラマ」

「そう言われると、なんか急に恥ずかしくなってきた……」

照れているのか、大きな手で口元を覆っている横顔がかわいくて、思わず見つめてしまう。里見君はからかわれたと思ったようで、口を尖らせて私の鼻を人差し指で押してから「ははっ」と笑った。

第二話はミツジとひよりが急接近すると、先週の次回予告で観ていた。これはドラマだと頭では理解していても、山岸蘭とのラブシーンを観てしまったら嫉妬してしまいそうだ。

私は里見君の隣で、冷静でいられるんだろうか……。

そんな心配もいざドラマが始まってしまうと、物語に集中して意外と気にならなくなってくる。

中盤、ひよりの部屋でミツジとひよりが口論になる。

『私のことなんて放っておいてくださいよ！』

『放っとけるかよ！』

『なんでよ、私は、あんたがイライラするタイプなんでしょ⁉』

『なんで俺がイライラしてるか、少しは察しろよ……！』

目の前で展開される、キスシーン。

ダメージを食らうかと思いきや、意外にも「許可もなしに、ひよりにキスしちゃダメでしょ」と、昨今の『相手を尊重する』という正常化の流れに反しているミツジの態度が気になってしまった。

とはいえ、隣を見ればミツジと同じ顔をしている人がいる。今、さすがに里見君の顔は見れなそうだ。

「……強引にキスしちゃ、だめだよな」

呟かれた言葉もさすることながら、少し沈んだような声が気になって彼のほうを向いてしまった。里見君はこちらを見て、複雑な笑みを浮かべている。

照れくさいのか、困っているのか、居心地が悪いのか。感情を読み取ろうとしていると、こちらに手が伸びてきた。

「……っ」

まだ物語の世界にいた私は、彼からのキスに混乱する。

「ね……あの、これは強引、じゃないの……?」

「うん……強引。でも、したい」

「なに、そ……、ッ」

触れるだけの軽いものだと思っていたキスは、すぐに深くなった。彼の舌が私の舌を追いかけ優しく撫でると、すぐに下腹部が切なさを帯びてきてしまった。

少しだけ、里見君の胸を押した。

「ドラマ……観ない、の?」

「……録画、してるでしょ?」

「してる、けど……ん、っ」

キスの雨は、当面やみそうにない。

抵抗しないのも、このまま行き着くところまで流されるのも、いつものことだ。でもそれはただ流されているんじゃなくて、私の意思でもある。

芸能人だからとか優越感に浸りたいとか、もうそんなことはきっとどうでもよくて、ただ気が狂いそうなほど彼のことが好きで、好きすぎるのだ。

この気持ちを悟られてもいい。でも、離れていってほしくない。

せめぎ合う気持ちを持て余しながら、彼の背中に回した手に力を込める。

「今日、泊まってもいい……？」

「……うん」

「じゃ、遠慮しない」

謎の宣言をしたかと思えば、里見君は一度だけ軽くキスを落としてから、にやりと笑みを浮かべた。まるで「覚悟はいい？」とでも言っているかのようなその顔に、心音がゆっくり速度を上げていく。

「ひゃ……っ！」

なるほど、不敵な笑みはそういうことだったのかと、私は一瞬で彼の企みを知った。里見君は私の耳朶に舌を這わせるとすぐ、窪みまで攻め始める。

「や……っ！　耳、だめ……」

「うん。わかってる」

「わかってる、なら……ん……っ！」

耳を舐められるたび、ゾクゾクという甘い痺《しび》れが体中を駆け巡り、たまらず身を捩る。

「ふふ。震えてる、なっちゃん。そんなにいいんだ」

耳のすぐそばで囁かれ、かかった吐息でまた体が戦慄《わなな》いた。彼の細い指は、もう片方の耳や首筋にも悪戯を仕掛けている。嫌だと言っているのに、とことん耳を攻めたいらしい。

「ぁっ、もう……だめ、だって……っ」

懇願するように見つめると、里見君は苦笑した。

「……そんな涙目で言われたら、悪いことしてるような気持ちになるな」

耳がようやく解放されると、テレビから焦燥感のある〝ミツジ〟の声が飛び込んできた。なにが起きたのかと気になって少しだけ画面のほうに視線を動かすと、それに気づいたらしい里見君は私の首筋に顔をうずめ、湿った舌で私の首に線を描く。

「や、ッん……っ」

「……よそ見する余裕なんてあるんだ、なっちゃん」

「よ、ゆうなんて……ン……っ」

「そっちの〝俺っぽい人〟はいいから、今は目の前の俺だけを見てよ」

不機嫌そうな声色の中に、少しだけ潜んでいた切なさが気になった。それがなにを意味するのか私にはわからない。その前に、ただの気のせいかもしれないけれど。

里見君は啄《ついば》むようにキスをしながら、布越しに胸に触れた。着けていたナイトブラが邪魔だったのか、すぐにブラジャーごとパジャマを捲ると、露わになった膨らみへと性急に唇を落とす。

敏感なところを吸われながら舌で転がされ、あっという間に先端は正直に硬さを増した。

「……っ、んッ」

「ねえ。今日は、いいの？　電気」

「それは、消したい、けど……」

消すにはリビングの入り口辺りまで行かなければならず、ここから手を伸ばしてどうにかなる距離ではない。

おそらく里見君は、敢えて私に訊いたのだろう。このままでいいと、私から許可をもらうために。

「俺は、なっちゃんを明るいところで見たいけど」

ほら、やっぱり。

「は、ずかしい、って……」

「もう何度も、俺とこういうことしてるのに？」

そういえば以前はどうだっただろうと、こんな状況なのにふと、過去の恋愛を掘り返してしまった。そしてこの恥ずかしさは〝里見君だから余計に〟なのかもしれないと思う。

こんな綺麗な人に、自分の凡庸な姿を見せるのがたまらなく嫌なのだ。

もしも私が池尻ありさのような美女だったら、どうだっただろう……そんな不毛なことが頭に浮かんだら、奥底から黒いものが顔を出し始めて、私は里見君が見れなくなった。

「……里見君には、わからないよ」

池尻ありさのことを思い出して、もやりとしてしまったせいもあるかもしれない。言ってから、今のはすごく感じが悪かったな、と後悔した。でも口から出た言葉は、なかったことにはできない。

おずおずと里見君のほうを見ると、彼は困ったような顔をしていた。

「……そうだね」

キン、と、胸を尖った氷で刺したような痛みが襲う。

自分で言ったことが跳ね返ってきただけなのに。里見君の言葉が深く突き刺さって余計に泣きそうになるとか、本当に救いようがない。

「でも……」

そう言いながら里見君はリモコンに手を伸ばして、テレビを消した。一瞬にして、しん、という音が、部屋にひたひたと行き渡る。

振り向き、こちらに向けられた色のない瞳に、背中がひやりとした。

「……なっちゃんも、多分わかってないと思うよ」

「え……っ」

なにが、という私の言葉を里見君の唇が塞いだ。

私になにも言わせたくないのか、それとも、自分がそれ以上言いたくなかったのか。

里見君は一度離れると、今度は胸の先端を口に含みながらショーツの中に手を滑り込ませてきた。ちゃんとさわれなかったのか、彼は一度手を引き抜き「もう少しお尻を前に出したら、首つらい？」と訊いてきた。私は小さく首を振ってから、ソファーに浅く腰かけ直す。

もしも、里見君の行為がもっと強引で彼の独りよがりなものならば、私も割り切ること ができたのかもしれない。こんなふうに私を丁寧に扱うような言葉をかけたりするから、勘違いしてしまうんだ。

でも、だからこそ私は里見君のことが……。

「もう結構濡れてる」

「や……ッん、っ」

「本当は明るいところで俺に見られるの、興奮するんじゃない？」

「そんな、こと……ん、あ……っ」

敏感になっていた花芽をうまく擦りながら花弁をさわられて、じわじわと熱いものが込み上げてくる。しんと静まり返った部屋には、くちゅくちゅと厭らしい水音が響いて、否応なしに私の羞恥を煽《あお》った。

「んっ……ん、あっ……」

「なっちゃん舌出して……もっと……うん」

舌を唇や舌で愛撫《あいぶ》されながらいじられると、なんとも言えない快感が全身を襲った。体が蕩けてしまうのではないかと、本気で思ってしまうほどに。

そして蕩けた体は、指とは違うものを渇望し始める。人はある場所まで到達すると、理性などはじけ飛んでしまうのかもしれない。自分の厭らしさに顔を覆いたくなってくる。

ふと、里見君の昂った欲望が布を押し上げているさまが、視界の隅に映った。私はたまらず、そこに手を伸ばす。さわると、こわばりは硬さを増したように感じた。

「……積極的だね、なっちゃん」

なにも言えず黙っていると、里見君はくすりと小さく笑った。

「もう、欲しい？」

私の返答を待たずに、また彼の唇が私の耳元へと近づく。耳朶を甘噛みされて、彼処《あそこ》がキュンと切ない声を上げた。

「あ……ん、ンッ！」

「素直にねだってよ」

甘い声の囁きは、私の中の理性を完全に壊していく。

……もう、だめだ。取り繕えない。

「……ほ……しい」

「なにが？」

「これ、が……、ンっ……」

里見君のスウェットの中に手を入れてみると、下着に少し湿り気を感じた。彼もそろそろ、限界なのかもしれない。

里見君はおもむろに立ち上がって下をすべて脱ぎ、どこに置いていたのか、素早く袋を破って避妊具をつけたかと思えば、また私の隣に腰かけ直す。にやりと企みを帯びた笑みを浮かべながら、私の頭を自分のほうへと引き寄せ軽くキスをした。

「今日は俺の上に乗って」

「……え？」

「ソファーだと、横になると窮屈かなって」

私が戸惑っていると、里見君は縋るような目でこちらを見つめた。

「だめ……？」

その目は、ズルい。

「だめ……って言われても……」

「……じゃ、ここでやめる？」

それを言われてしまえば、私の選択肢はひとつしかなくなる。

「それは……でも……」

「大丈夫、俺が支えるから」

それ以上返答はせず、曖昧にしたまま私がおもむろにソファーから立ち上がると、里見君も一緒に立ち上がって私の服をすべて脱がせた。やっぱり恥ずかしくて、なんとなく右腕で胸を隠す。

「俺も全部脱げば、恥ずかしくない？」

里見君が脱ごうが脱ぐまいが、どちらにせよ恥ずかしさは変わらないけれど、私ひとりが全裸よりは少しマシかもしれない。

私が小首を傾げながらもわずかに頷くと、里見君は素早くTシャツを脱ぎ捨て、ソファーに座った。

「ん」

広げられた腕の中に、私はゆっくりとおさまる。いつもと違う状況に緊張しているのが見透かされたのか、里見君は余裕の微笑で私を引き寄せ、キスをする。

「やっぱり真っ直ぐ顔を見ながらするの、いい」

「私はすごく恥ずかしい……」

ふふ、と楽しそうに笑ったかと思えば、里見君は一瞬視線を下に移し、また私を見つめた。

「これ、なっちゃんが自分で挿《い》れて」

彼の視線がなにを意味しているのか、そんなことはよくわかっている。それでも少し戸惑っていると「ゆっくりでいいから」と言ってまたキスを落とされた。

この余裕。何度も思うけれど、本当に私より四つも年下なんだろうか。

私は小さく息を吐き出してから、そそり立った彼の硬茎を手にして、おそるおそる自分の秘部にあてがい窪みへと誘導する。そのままゆっくり腰をおろすと、熱い塊は肉壁を押し広げながらまっすぐに私を貫いた。

「っ、ん……っ」

「痛くない？」

さっきたくさん指で擦られたからか、私の秘腔はたやすく彼を受け入れた。

「ん……大、丈夫」

首に手を回すと、里見君は少し嬉しそうにまたキスをする。彼の昂りで満たされている
そこは、キスをされるたびに刺激を求めて疼いた。

「ね……ゆっくり動いてみて」

どうやら、刺激を求めていたのは私だけではなかったらしい。

私の腰に、手が回される。不慣れながらも彼の肩に掴まりながら、私は腰を上下に揺らした。


「んっ……あ……っ、ぅん……」

騎乗位の経験など、数回しかない。どう動かすのが正解なのかわからず、ただ浅く抜き差しするだけになっている。

不安に思って里見君のほうを見ると、なぜか彼は少し顔を顰めていた。

「……ヤバ……」

「えっ……なんか、おかしい……？」

「違……ちょっと、想像してた以上で……」

「想像……って……ッん……っ！」

ふいに胸の先端を吸われて、膣壁がきゅっと切ない声を上げる。

「……いや、この体勢も、めっちゃエロいなって……なっちゃんが」

「なに、言って……ん、んっ……」

「一生懸命腰動かしてるのも、かわいいし」

浮かれるな、と誰かが私の中で言った。性欲にまみれた男の言葉は甘いと決まっている。かわいいと言うのも、その気にさせるのも、自分の欲望を気持ちよく満たすためだ。

それとわかっていながらも、里見君の艶っぽく紅潮した顔を見ると、情けないまでに劣情は煽られる。愛しさはもう溢れすぎて、胸は苦しさを増すばかりだ。

「逆に、なろうか」

「逆……って？」

「今度はなっちゃんがソファーに座って」

私は里見君からゆっくり降りると、位置を逆転して、まだ彼の温もりが生々しく残る場所へと腰かけた。

「もう少し浅く座れる？」

「……うん」

座り直すと里見君は私の両膝裏に手を入れ、体側へとゆっくり倒した。明るい部屋で、秘部を顕にするのは顔を覆いたくなるぐらいに恥ずかしい。思わず里見君から視線をはずすと、首筋にキスを落とされた。刹那、チリリという痛みが走る。

「っ、え……」

「ふふ、キスマークつけちゃった」

今時期、職場に開襟シャツを着ていくこともある。位置的に人から見えないだろうかと心配していると、里見君はまた小さく笑った。

「大丈夫。多分、ギリ見えないところだから」

心を覗かれているのかと思うほど、私の心配が見透かされていて驚く。

「……本当？」

見上げると、彼の目の奥にほんの少し翳《かげ》りが見えた。

「……そんなに、人から見えるのは嫌？」

「だって……仕事先で変な目で見られるかもしれないし……」

「ふうん……仕事先、ね」

「ん、ッあ……っ」

ズクリと、硬い漲《みなぎ》りを奥まで一気に押し込まれた。少し擦れただけで、私の秘部は待ち構えたように彼の陰茎を咥え込む。

「う……なっちゃん、さっきよりナカ、キツくなってる……」

「そ、そう……？」

「最近、締めつけるようになったよね」

「……そんなこと、言われても……ん、ンっ」

もしかしたら、少しずつ緊張が取れてきているせいで、里見君に身体が素直に反応するようになったのかもしれない。それでも「キツイ」と言われるのは、初めてだ。

「あっ、あぁ……っ、んっ……ぁ」

律動は徐々に激しくなって、あまりの気持ち良さにもうなにも考えられなくなってくる。

「気持ちいい……？」

「う……ん、ッ……あ、あぁ、ん……っ」

「……俺も、そろそろイキそう……かも……」

「ん……イって……」

瞼裏の、オレンジ色の世界から薄目を開けて里見君を見る。欲望を吐き出す前の、苦しそうな、それでいて匂い立つような色気を帯びた顔に、私の劣情も激しく掻きたてられる。

「あ……っイ、くッ……」

ドクドクと脈打つ彼のモノを感じながら、私もまもなく高みに昇りつめた。


眠りが浅かったのか、私にしてはめずらしく鳥の鳴き声で目が覚めた。

隣を見れば、里見君はまだスースーと寝息を立てている。さすがに疲れたのだろう、私が物音を立てても、起きる気配はない。

今日が休みだからか、ゆうべは容赦なかった。

リビングで果てたあとも、ベッドへ場所を移してイチャイチャしているうちにまた求められ、結局シてしまった。

里見君はたしか仕事終わりだと言っていたはずなのに、どれだけ体力が余っているのかと、四歳差を思わぬところで実感することになった。おかげで今、少し腰がダルい。

求められることが嬉しくて応じたけれど、起きて冷静に考えてみれば、やっぱりなにかおかしい気もしている。

もし、これで終わりにしようとしているのだとしたら……。

不安はすぐ、頭の中で具現化される。形になったものはどんどん大きくなって、押し潰されそうだ。

ネガティブな考えを払おうと大きく息を吐き出してから、私はゆっくり上体を起こした。床を見れば、いかにも情事のあとですと言わんばかりに、服が点々と落ちている。

里見君を起こさないように、体をゆっくりずらしてベッドからおりると、床に散らばっていた服を拾って、里見君の服は簡単に畳んでからベッドに置いておいた。

「あっつい……」

リビングに入った途端、湿気を含んだ蒸し風呂のような暑さが体に纏わりつく。この蒸し暑さは、ゆうべ少し降った雨のせいだろう。

壁かけの時計を確認してみると、十時を疾《と》うに過ぎていた。窓の外の太陽は、もうだいぶ高いところまでのぼっている。

「そりゃ暑いわけだよね……」

暑さに耐え切れず、真っ先にエアコンをつける。里見君が起きてくる頃までには、いい具合に冷えているだろう。

「……さて、コーヒーの準備しようかな」

振り返ると、ソファーが視界の隅に入った。

ゆうべは、ここで……。

こうしてまた、里見君の欠片はこの家に残っていく。


「……おはよ」

朝食を兼ねた昼食ができあがる頃、里見君は目をこすりながらリビングに現れた。下は穿《は》いているけれど、上半身は裸のままで目のやり場に困る。

「……おはよう。まだ眠そうだね。先にシャワー浴びてくる？」

「ううん……それより、めちゃくちゃいい匂いがするんだけど」

「あー、朝昼兼用のご飯作ったから」

里見君はキッチンまで来ると、後ろから私の腰に抱きついた。布を通さない肌の温もりが伝わってきて、いつも以上にドキドキする。

「なに作ったの？　早く食べたい」

首に、里見君の息がかかる。まだゆうべの熱が残っているのか、それだけのことで体の芯が熱を帯びてくる。

「上を着てきたほうがいいよ。エアコンつけてるから風邪引いちゃう」

里見君は「はーい」と言いながら寝室に戻り、Ｔシャツを着ながらすぐにリビングへと戻ってきた。

「なんかやることは？」

「じゃあ、これを持っていって」

カトラリーのセットを里見君に預ける。私がお皿をテーブルに持っていくと、里見君は「おおっ！」と感嘆の声を上げた。

「これって……カレーじゃないよね？　匂いが違ったもん」

「ハッシュドビーフだよ。でも冷凍庫にあった豚肉を使ったからハッシュドポークだし、マッシュルームじゃなくしめじだけどね」

自分で言ってから、もはやそれはハッシュドビーフじゃなくて違う食べ物だよなぁと、苦笑いしてしまう。里見君はそんなのお構いなしに、目をキラキラさせているのがわかる。

「なっちゃんって、すごいよね」

「えっ、なにが？」

「家にあるもので工夫して、こんな料理作れるんだもん」

「全然。すごくないよ。里見君のお母さんも、きっとそうやって日々作ってたと思うよ」

言ってから、里見君は私に一度も家の事情を話していないのに、こういう話はまずかったかな、と後悔する。

里見君は顔を顰めて首を横に振った。

「俺の母親は料理下手くそだからレパートリーも少なくて、スーパーの総菜を買ってきたりしてたことが多かったよ。むしろ、父親のほうが料理は得意かも。でもたまの休日にわざわざそのための材料を買ってきて作ってたから、なっちゃんみたいにあるもので工夫なんてしなかったし」

「……そうなんだ」

抵抗なくするりと返ってきたことに、ほっとした。

好きな人の口から家族のことが聞けるというのは、特別な場所に踏み込ませてもらえたようで嬉しくなる。

よく見れば、里見君の髪には寝癖がついていた。頭のてっぺんの髪がぴょんと飛び出て、かわいいことになっている。

直されないように黙っていようと思った刹那、つい直してしまった金岡編集長との痛恨の出来事も記憶から引き出されて、苦い気持ちになってしまった。

「ね、食べてもいい？」

「……あっ、どうぞ。冷めないうちに召し上がれ」

「やった。いただきます」

カトラリーケースの中からスプーンを取り出し、里見君は「それひと口分？」と疑いたくなるような分量を掬《すく》って、口に入れた。

「……なにこれ。こんなの、家で作れんの？」

里見君がものすごく驚いたような顔をしているから、笑ってしまった。

「大げさだよ。ルウがあればもっと簡単だったんだけどね。今日は前に買っておいたデミグラスソースの缶詰があったから」

「めちゃくちゃうますぎてびっくりした……」

里見君はそう言って、黙々と食べ進めている。

「里見君は本当に褒め上手だよね。作り甲斐がある」

「本気でうまいから、そういう感想になるだけだよ」

私が数口しか食べていない間に、気づけば里見君はもう完食しそうだ。

「本当は赤ワインを入れるともっとおいしかったんだけど、今ちょうど切らしてたから」

あとひと口、というところで、なぜか里見君の手がぴたりと止まった。

彼はこちらに視線を向けたものの、なぜかすぐに視線を彷徨《さまよ》わせている。

緩やかだった空気が、一瞬で張り詰めていくのを感じる。なにを言われるのかと身構えていると、里見君がおもむろにこちらを見た。

「……あのさ」

「……うん」

「この前一緒に飲んだワインって、寺嶌さんからもらったものだったんだね」

里見君の口から『寺嶌』という名前が出て、ドキリとした。

あの時、やっぱり里見君は、私たちの会話を聞いていたんだ。

「あ……うん。仕事で岩手に行った時のお土産だって、もらったの。おいしいワインみたいだったから、里見君と飲みたくて……」

「本当に仲いいよね、寺嶌さんと」

淡々とした里見君の言葉が、背筋を冷たく撫でていく。

『里見になにを頼んだんだよ』

『武ちゃんが、その女と本当につき合ってるのか探って、って』

メイクルームでの、寺ちゃんと池尻ありさの会話を思い出す。

……ついに、来るべき時が来てしまったのかもしれない。

私が里見君に寺ちゃんとの関係性を話せば、おそらくすべて終わる。里見君は最初から、それが目的だったのだから。

でも――。

私は、無意識に嚙みしめていた唇を離した。

「……前に寺嶌さんとは長いつき合いだって、話をしたと思うけど」

「……うん」

「私たち、実は幼馴染なんだよね。寺嶌さんは兄の親友で、小学生の頃からうちに毎日のように遊びに来てたの。まさか、大人になってこんなふうに仕事でかかわることになるとは思わなかったけど」

「………そうなんだ」

するすると、口から言葉が滑り落ちていく。まるで誰かに操られているような、変な感じだ。

「この前のワインも、実は兄のぶんも一緒にもらっててね。ようやくこの間、渡せたんだけど」

余計なことまで喋《しゃべ》っていると自分でもわかっていながら、コントロールが効かない。

「寺嶌さんのことはもう身内みたいなもんで、ふたりめの兄って感じかな」

今、早口気味に喋っている私は、いったい誰なのだろう。きっと私は今、取り繕うような妙な笑みまで浮かべている。

「確かに仲は悪くないけど、特別な感情を持ったことは一度もないよ。寺嶌さんと仮につき合ったらって考えただけで、言い方はよくないけど、兄と関係を持つようで気持ち悪いし」

言い終わると、胸の奥からなにかが込み上げてきた。ぐっと、奥歯を食いしばる。

里見君が求めていたものを、私は与えられたのだろうか。

きっと今、顔は引き攣っているに違いない。でも、うまく取り繕えない。

「気持ち悪いって……俺も妹がいるから、言ってることはわからなくはないけど」

苦笑すると、里見君はハッシュドビーフの残りひと口を、口に入れた。

「……ねえ」

「……ん？」

「ところでこれ、おかわりある？」

「……っ、え？」

予想外の展開過ぎて、動揺が声に出た。

「あれば食べたい」

「わ……わかった。持ってくるね」

私は無理やり笑みを作りながら、里見君の皿を受け取った。

キッチンへ行き、リビングから見えないところに隠れて、私は何度か深呼吸をして気持ちを落ち着ける。

私が寺ちゃんとのことを話せば、なにかしら、里見君の態度が変わるだろうと思っていた。

でも、言動が冷たくなるとか、素っ気なくなるとか。

でも、里見君は今のところ、そんな素振りはない。

……ああ、そうか。

あからさまに態度を変えたら、私に怪しまれると思っているのか。

里見君は、私が池尻ありさから例の脅しの一件を聞いていることは知らないはずだ。里見君のマネージャーにも、「今後の仕事に支障が出るかもしれないので、本人には私が知っていると言わないでください」と念を押してある。

私は胸に疑問を抱えたままご飯をお皿に盛りつけ、残りのハッシュドビーフをかけた。

その後も、里見君はなにひとつ変わった様子は見せなかった。

おかわりしたハッシュドビーフならぬ、ハッシュドポークもおいしそうに完食したし、一緒にシャワーを浴びようとせがんできたり、すれ違いざまにふざけてキスをしてきたり、いつもと変わりない……というかむしろ、いつもより甘い里見君がそこにいた。

夕方になり、そろそろ里見君が帰ると言っていた時刻が近づいてくる。

テーブルを片づけようと手を伸ばしかけて、私はふたつのマグカップを見つめた。

もうこのカップたちは、今日を境に二度と表に出ることはないだろう。ノベルティながら、結構気に入っていたのに。

そう考えたら、耐え切れず涙が一筋こぼれてしまった。慌てて、指で拭う。

「……どうかしたの？」

気がつけば、里見君はすぐそばまで来ていた。きっと、目をこすったところを見られていたのだろう。なんとなく、心配そうな顔をしている。

「あ……ううん、ちょっと欠伸《あくび》しちゃって」

「なっちゃんは俺より寝てないもんね」

里見君は笑みを浮かべながら、私の頬を愛おしそうに撫でた。

「……ねえ、なっちゃん」

「ん？」

「俺の歯ブラシとか着替えとか、ここに置いていってもいいかな？」

一瞬、なにを言われたのか、まったく理解ができなかった。

「……ぅえ？」

うまく呑み込めず、驚きとも同意とも言えない、変な声が出てしまう。

「なに、その声」

里見君はそう言って笑っている。

だって、これが驚かないわけがない。さっきまで私は、里見君が離れていくことしか考えていなかったのだから。

「今まではさ、邪魔になるかなと思って持って帰ってたんだけど……仕事も忙しくなってきちゃって、そろそろ持ち歩くのがしんどくて」

「あっ……そ、そうだよね……むしろ、今まで気づけなくてごめん……」

どもりながらもなんとか答えたけれど、視線は宙を彷徨ってしまう。私の様子を見て、もしかしたら里見君は変に思ったかもしれない。

「とりあえず寝室に置いたけど、適当に動かして」

「……うん」

「……やっぱり、迷惑？」

「そ、そんなことない！」

やけに力の入った返答をしてしまって、里見君に笑われてしまった。

「よかったね。まだ出番ありそうだよ……」

私は、里見君のいなくなったリビングで、ふたつのマグカップにそう話しかけた。なんとなく嬉しそうにしているような気がしたけれど、喜んでいるのは私のほうだ。

相変わらず、里見君がなにを考えているのかはわからないまま。

でももう少しだけ、私が勇気を持てるまで、どうかこのままでいさせてください。

Ａｃｔ７：野良猫は腕からするりと逃げていく

『恋コロ』第二話の世帯視聴率は十・三パーセントと微増ながらも、ダウンしていないことにドラマ班は喜びの声を上げていると、雑誌の企画でお世話になったテレビ局の方が電話で教えてくれた。初回視聴率がよくても二話目は下がることが多いらしく、「下がらなかったってだけで、もう大成功ですよ」と興奮気味に話していた。

どうやら里見君の人気も高まっているようで、ドラマのホームページにあるファンメッセージへの投稿も、里見君に関するものが増えているらしい。

その一方でニュースサイトのコメント欄には、ごく少数だけれど、里見君を誹謗《ひぼう》するものも見受けられるようになってきた。おそらく妬みや嫉みのたぐいだろうが、どうか本人の目に触れていませんようにと祈る毎日だった。

ところでなぜテレビ局の方が電話をくれたかと言えば、視聴率の報告はあくまでついでで、ドラマ特集掲載についてのお礼だった。

ありがたいことに、『Men's Fort』九月号はこの特集のせいか売れ行きがよく、書店によっては早々に売り切れたところも出てきた。どうやらいつもより女性の購入者が多いようで、通販事業部からそういうデータも上がってきている。お礼を言わなければいけないのはこちらもだと、テレビ局の方には感謝を伝えておいた。

『Men's Fort』編集部もこの状況にお祭り騒ぎで、金岡編集長のひと声で、今夜は打ち上げをすることになった。せっかくだからと『Bijoux』編集部の人たちも誘ってはみたが、今日は大型のファッションイベントがあるらしく、残念ながら叶わなかった。

「金岡編集長って、二十代の頃はティーン誌にいたらしいよ」

「ええ⁉　そうなんですか。なんか、違和感しかないです」

「だよなー」

本人が聞いていないことをいいことに、その場でひとしきり笑いが起きる。

この編集部に移ってから編集者全員で最後に飲み会をしたのはいつだっけ、と記憶を辿ってみれば、私の歓迎会以来だった。それだけ、全員が揃うことは難しい。

今日はたまたま誰も取材も出張もなく、奇跡的なタイミングでこの飲み会は開かれている。

ほぼ仕事の顔しか見ていない人たちの意外な面が見られるので、私は会社の飲み会が結構好きだったりする。酔って陽気になっている人がいたり、長々語っている人がいたり、観察しているとなかなかに面白い。

この編集部では外注以外女性は私ひとりだけれど、無理にお酌させるようなことも、セクハラまがいに絡んでくる人もいないので、純粋に楽しめているということもある。

「……このあと、ちょっとつき合えるか」

……ただ、この人の扱いだけは難しい。

仮にもボスに対して〝扱い〟などと言うのは失礼かもしれないけれど、ボスだからこそ無下にできなくて困ってしまう。

この状況で誘ってくるなんて卑怯だ、絶対に断れないじゃないか、と私は金岡編集長のあとについて歩きながら、心の中でぶつぶつと不平を漏らしていた。

金岡編集長に連れてこられたのは、さっきの居酒屋からほど近いバル。みんな各々勝手にどこかへ流れていったので、誰かと鉢合わせしたらどう言い訳するんだと思ったけれど、この店には奥に個室席があり、編集長はそれをわかっていてここに連れて来たようだ。

「急に誘って悪かったな」

「……いえ」

不平が表に滲んでしまっていたのだろうか。金岡編集長は少々、決まりが悪そうにしている。場を取り繕おうと「なにを飲みますか？」と、私はメニューを広げてみせた。

一件目のお店で、ふたりともだいぶお腹は満たされている。とりあえず軽いおつまみと、飲み物を頼むことにした。

「今日、社長に呼び出されて売り上げを褒められたって、さっきの飲み会で話したろ。こうして個別に伊吹を誘ったのは、今回の企画の功労者だったからだ」

「いえ、私はそんな……編集長にお力添えいただいたおかげです」

「……なんだ、ゴマすりか？」

「違いますよ！　心の底からそう思ってます」

金岡編集長はクックッと楽しそうに笑っている。

本当に、私ひとりでは今回の企画を無事にこなせたかわからない。実際、金岡編集長が私の仕事がスムーズに回るように陰でサポートしてくれていたことを、すべてが終わってから『Bijoux』経由で知ることになった。

「池尻ありさの件もあったから一時はどうなることかと思ったが、なんとか無事成功してよかったな」

「はい……」

カリカリに焼いたチーズを齧りながら、あの時の出来事をしみじみ思い出す。金岡編集長には撮影のあと、編集部に帰ってから改めて経緯を説明していた。

「しかし、てらしーも伊吹も災難だったよな……。あのあと本人からも連絡をもらったんだけど、ありさのせいでつき合ってた彼女と別れる羽目になったらしいよな」

「そうなんですよ。別れたことは知っていたんですけど、理由までは知らなかったんで驚きました」

「つき合ってもいない女性のことで大事な人を失うなんて、同情しかないよ」

金岡編集長は飲もうとしていたレモンビールのグラスをテーブルに置いて、こちらを見た。

「ありさじゃないけど、実は俺も伊吹はてらしーとつき合ってると思ってたんだよな」

「ええっ⁉」

意外なことを言われて固まってしまう。金岡編集長にまで、そんなふうに思われていたとは。

「前にてらしー本人に直接訊いたことがあって……ああ、もちろん即、否定されたんだけどさ。仕事がやりにくくなるから隠してるのかと、ちょっと疑ってた」

「隠してませんよ……ていうか、寺嶌さんに訊いたんですか」

「まあ……話の流れでね」

生ハムを口に入れる。味がしない。でも、ひたすら噛む。

「で、伊吹は。つき合ってるやつはいないの」

ごくりと呑み込んだ生ハムが、喉の奥に詰まった。慌てて、モヒートで流し込む。

こういう質問をされると、どうしたらいいのかわからなくなる。寺ちゃんから妙な話を聞かされたから、余計に。自意識過剰だとわかっていても、やっぱり構えずにはいられない。

……それに。

「どう、なんでしょう……」

里見君とのことが、なにもはっきりしていない。

「『どうでしょう』ならまだわかるけど、『どうなんでしょう』ってなんだよ」

笑う金岡編集長に合わせて、自分も無理やり笑ってみせる。

きっと、はぐらかされたと思っただろう。でも本当にどうなのかわからないのだから、嘘はついていない。

そろそろ会計を……とお財布を出すとすでに会計済で、結局また奢ってもらうことになってしまった。いくら上司といえども、こう何度も奢ってもらっては気が引ける。

「毎回ご馳走になるのは……」

「部下の苦労を労うのも上司の仕事なんだから気にするな。それに、伊吹にだけこうしているわけじゃないから」

気を遣わせないための嘘ではなく、本当のことだろう。前に編集部の先輩から、そんな話を聞かされたこともある。厳しい面もあるけれど、金岡編集長は本当に面倒見のいい上司だと思う。

私は先を歩く金岡編集長の後ろ姿を見つめた。

もしも本当に、この人が私に特別な感情を抱いているのだとしたら……。

金岡編集長は大人だし、つき合ってみればもしかしたら、私を大切にしてくれるのかもしれない。きっと楽だろうな、と思う。なにせ〝一般人同士〟だ。誰からも文句も言われないし、面倒くさいことにならずにすむ。

でも……そんなの。

自分のことを嫌になりかけて、ふと、いつかの金岡編集長の言葉を思い出した。

「……あの、編集長」

「……ん？」

「前に、話したいことがあるって言ってましたよね？」

「……ああ。言ったな、そういえば」

自分から切り出してから、もしやそれが恋愛事だったらどうしようかと焦る。

……が、金岡編集長の話は、私の想像とはまったく違うものだった。

「最近、里見も遊上も売れてきてるから、彼らのマネージャーが現場に同行できない時とか、特に野外の撮影の時は周りにも気を配ってやってくれないか。伊吹は編集部の中で、一番彼らと仕事をする機会が多いからさ」

「……はい、それはもちろん」

「まあ、伊吹はそのへん俺が言わなくたって、もう気を配ってるだろうけど」

笑顔がこちらに向けられたかと思えば、金岡編集長はそのまま視線を夜空に振る。私もつられて、ネオンに照らされた薄墨色の空を見上げた。

「今日は随分と月が細いな」

「そうですね」

「そろそろ新月か」

また、時は新しく巡っていく。

新月を迎える前に、私もこの留まった場所から一歩でも動けたらいいのに。

＊　＊　＊

「『Bijoux』編集部に寄ってから、そのまま打ち合わせに行ってきます」

私は席から立ち上がると、金岡編集長にそう告げて編集部をあとにした。

例の合同撮影の時、『Bijoux』側から借りていたものをこちらの荷物に混ぜてしまっていたことに、昨日まで気づいていなかったのだ。

返すのはいつでもいいとは言われたけれど、この業界は後回しにするとそのままになってしまうことが多い。最後まで責任を持たなくてはと、私はすぐ返しに行く約束をしていた。

『Bijoux』編集部は『Men's Fort』の二フロア上にある。なかなか来ないエレベーターを横目に、私はなまった体に鞭《むち》を打って階段をのぼった。

少し息切れしながら『Bijoux』編集部の前に着き、名札をセキュリティーゲートにかざして入ろうとした、その時——。

「ごめんなさ……あ」

ぶつかりそうになった相手の顔を見ると、なんと池尻ありさだった。

彼女はすぐに私から目線をはずし、そのあとなぜか意を決したようにもう一度こちらを見た。

「……あの。今少しお時間あったりしますか」

「えっ……」

「ちょっと、お話しさせてもらえないかなって」

まさか池尻ありさからそんなことを言われるとは思わず、動揺してしまう。

「あ……えっと……今『Bijoux』編集部に届け物をしに来たので、それが終われば少しだけなら」

咄嗟に、そう答えてしまった。

でも、本心でもあるかもしれない。怖いけれど、彼女とちゃんと話をしてみたかった。

どうして私と寺ちゃんの仲を誤解して、あんなにも思いつめてしまったのか。

それに……里見君とのことも。

「ありがとうございます」

深々と頭を下げられて、面食らう。

「では、そこの休憩スペースで待ってます」

池尻ありさは廊下の突き当たりにある、自販機とソファーが置かれているエリアを指差した。

「……わかりました」

私の返答を聞くと彼女は軽く頭を下げ、カツカツと靴音を立てながら奥へと消えていく。

刹那、私は酸素を掻き集めるように息を吸い、大きく吐き出した。

「びっくりした……」

しかしこんな時間に、『Bijoux』編集部にどんな用事があったのだろうか。

「――ああ。池尻さんは、謝罪に来たんです」

『Bijoux』のドラマ企画担当だった彼女にこっそり訊くと、そんな返答が返ってきた。

「……この間の？」

「はい。撮影の時のことがうちの社長の耳にも入ったらしくて、例のメイクさんの件もあって池尻さんの事務所に社長自らクレームいれたみたいなんですよ。事務所の社長さんは早々に謝罪にいらしたんですけど、さすがに自分も謝罪に来ないとまずいと思ったんじゃないですかね」

「社長さんと一緒には来なかったんですか」

「ええ、ドラマの撮影スケジュールの都合で来れなかったようです。それで彼女が持ってきた菓子折りが、おそらく一万円超えの老舗和菓子店の高級菓子だったようで、さっき編集部が軽く騒ぎになりましたよ。そういうところ、さすが池尻さんだなって」

彼女はそう言って苦笑した。

どういう意図で言ったのかはわからないけれど、彼女も池尻ありさのせいで肝を冷やしたひとり。たとえ嫌味だったとしても、彼女にはそれぐらい言う権利はあるだろう。

こちらも長く物を借りてしまっていたことを謝罪して、私は『Bijoux』編集部をあとにした。

「はー……」

思わず大きく息を吐き出しすぎて、周りに聞こえるような音で発してしまった。この奥のスペースで池尻ありさが待っているとわかっていても、なかなかそちらに足を進めることができない。

でも、咄嗟に言ったことであっても、決めたのは自分だ。

廊下を歩いていた人が行き過ぎるのを見届けてから、私は目を瞑り軽く頬を叩いた。

「……よし」

小声で小さく気合いを入れ、私は休憩スペースに向かって足を踏み出す。幸い、休憩スペースには誰もおらず、池尻ありさは立ったまま、ひとりただ窓の外をぼんやり見つめていた。

「……お待たせしました」

私の声に振り向いた彼女は、外からの光を纏ってキラキラしていた。ドラマのワンシーンかと、錯覚しそうなくらいに。

「申し訳ないのですが、これから打ち合わせがありますので、お話は十分ほどでお願いしてもいいですか」

冷静を装い、精いっぱい、声を振り絞る。

「わかりました。お忙しいのに、お時間すみません」

立ち話もなんだろうと、私は池尻ありさにソファーに座るよう促し、自分も会話が聞こえる程度に離れた隣のソファーに腰かけた。

彼女のくりっとした大きな目が、こちらをまっすぐ見つめてくる。女性にそういう感情は湧かないけれど、それでも凛《りん》とした美しさにドキリとする。

「まずは、この間のことですけど……あの時は失礼なことを言ってごめんなさい」

そう言って、池尻ありさは深々と頭を下げた。

打って変わってのしおらしい態度に、どうしたらいいのかわからなくなる。とりあえず「いえ」と言いながら、こちらも軽く頭を下げた。

「私、寺嶌さんと伊吹さんは、絶対つき合っていると思い込んでいたので」

「……あの。逆に訊いてもいいですか？」

池尻ありさは、私が質問しようとしたことに驚いたようだった。

「……はい」

「どうして私と寺嶌さんがつき合っていると思われていたんでしょうか……？　池尻さんと私がお仕事でご一緒したのはこの間が初めてですし、あとは懇親会かなにかでご一緒した時とか、ですか……？」

池尻ありさは、なにか迷うように目を伏せると、すぐにこちらに目線を戻した。

「……モデル同士での集まりの時に、とある人に仕事の時の動画を見せてもらったんですけど、メインで映っている人物の後ろ側に伊吹さんが寺嶌さんと仲良さそうに話している様子が映っていたんです」

正直「それだけで？」と思ってしまった。

池尻ありさは、小さく乾いた笑いをこぼした。

「それだけで？　って思いますよね」

まるで心の中を見透かされたようで、今度は私のほうが視線を逸らすことになってしまった。

ため息が、微かに聞こえてくる。

「……私、本当に寺嶌さんのことが好きで好きでどうしようもなくて……些細なことでも私の中で大きく膨らんでいってしまったんです」

彼女は自嘲したような息を漏らした。

「どうしたら彼は私のほうを振り向くんだろうって、日々それればかり考えるようになってしまって……自分がおかしな方向に行っているとわかっていたのに……止められなくて」

声の震えから、池尻ありさの心の痛みが伝わってくる。

「だから……あんなことを」

「本当に申し訳ないと思ってます……あのあと、うちの社長がじっくり話を聞いてくれて、諭されて目が覚めました。いかに自分がおかしかったか、身に染みてわかりました」

あれだけの騒動を起こしたのだからクビを宣告されてもおかしくはなかったのに、じっくり話を聞いてくれたとは。池尻ありさの事務所の社長は、きっと寛大で人情味溢れた人なのだろう。

「じゃ、もう誤解は解けたってことで大丈夫ですか」

「……はい。その前にあれだけ寺嶌さんに拒絶されたら、さすがに諦めざるを得ないっていうか……」

彼女は寂しそうな顔で微笑む。

「実はあの撮影の時、『今のところ五分五分だけど、望みはあるかも』なんて廉に言われて、それならもう少し私のほうで押せばいけるのかな、とか……ほんと、自分のことしか考えてなくて恥ずか……」

「あの」

話を遮らずにはいられなかった。

「里見君は、なにが『五分五分』って言ったんですか？」

もしかしたら、怖い顔になってしまっているのかもしれない。池尻ありさは驚いたような、怯えているような表情になった。

「……あの時もお話ししましたけど、私は寺嶌さんと伊吹さんの仲を探ってほしいと廉に頼んでいて……おふたりがつき合っているかつき合っていないか、どちらも可能性は同じくらいという意味で……」

いつかの朝の出来事が、頭に浮かんだ。合鍵を受け取って、紫色の鈴をつける姿。

嬉しそうにしていたのは、演技……？

「……廉にも、申し訳なかったと思っています。あの時言っていた画像は、彼のマネージャー目の前でちゃんと消去しましたので」

私の耳にはっきり残っているのは、この言葉が最後。そのあと池尻ありさとどう別れたのか、記憶がない。

『今のところ五分五分だけど、望みはあるかも』

里見君はどんな気持ちで、その言葉を池尻ありさに伝えたのだろう。

＊　＊　＊

こんなぐちゃぐちゃな感情の時でも、一緒の仕事は、容赦なくやってくる。

それが、同じ場所で働く人間同士の宿命だから、仕方がない。

「伊吹さーん、今日はパターンいくつ撮るんでしたっけ？」

ここ最近ではめずらしく、今日は我が『Men's Fort』ツートップ、里見君と遊上君ふたり一緒の撮影日だった。段取りを明るく訊いてくる遊上君の後ろには、里見君もいる。

「……今回は、三パターンだよ」

なるべく自然を装ったつもりだったのに、どうやら気づかれてしまったらしい。遊上君が他のスタッフに話しかけられていなくなったタイミングで、彼がそばに寄ってきた。

「伊吹さん、どうかした……？　体調悪い？」

「えっ……どうして？」

「いや……なんとなく元気がなさそうだから」

「そんなことないよ」

自分でも驚くほど、やけに明るい声が出てしまった。それがかえって不自然さを滲ませてしまう。

里見君は納得いっていなかった様子だったけれど、他のスタッフが近くに来てしまった

ので仕方なく、といった感じで離れていった。

男性誌にしてはめずらしく、今日のロケ場所は遊園地。今回は冬のデートコーデを裏

テーマにしているから、企画会議でここが選ばれた。

天候に恵まれたのは良かったけれど、日差しが強すぎるので、撮影までモデルのふたり

には用意したパラソルの下に避難してもらう。

「ねえ、あれ……廉君じゃない？」

「あ、遊上君もいる！」

グループで来ていた女性たちが気づくと、撮影隊はあっという間に人に囲まれてしまっ

た。開園前にある程度撮る予定が、ロケハンが思ったより長引いてしまったために、ス

タートが開園後になったせいだ。今日は里見君のマネージャーが来れないので、なおのこ

と編集部のほうで気を配らなくてはいけないのに。

「すみません、スマートフォンなどでの撮影は絶対になさらないでください！　SNSな

どに上げるのも禁止です！」

「こちらは通路です！　他のお客様の通行の妨げになりますので、絶対に立ち止まらないでください！」

必死に声を張り上げていると、寝不足のせいか目の前がくらくらしてくる。撮影も再開させなきゃいけないし、あとは警備の人にお願いしようと振り返ると、足が縺《もつ》れて転びそうになってしまった。

「……お、っと」

私を受け止めてくれたのは、なんと遊上君。ギャラリーからは悲鳴にも似た黄色い声が飛んできて、居た堪れなくなる。

「伊吹さん、今日調子悪いでしょ。ロケバスで少し休んだほうがいいですよ」

どうやら情けないことに、遊上君にも悟られていたようだ。私はしっかり立ち上がると遊上君からすぐに距離を取った。

「ありがとう、ごめんね。もう、大丈夫だから」

「いや、俺が一緒にロケバスまで行きますから、今日みたいな日は無理しないほうがいいですって」

大事なモデルさんにそんなことをさせるわけにはいかない。しかも彼はこれから撮影がある。

私は一応飲み物だけ飲んでこようと、こちらの状況に気づいて「どうした？」と駆け寄ってきた寺ちゃんに念のため付き添いをお願いして、遊上君には撮影の準備に戻ってもらった。

「夏バテか？」

「うーん……そうかも。最近暑さのせいかあまり眠れてなくて」

「確かに、目の下にクマできてるな」

「……あんまり見ないでよ」

恥ずかしくなって手で目元を隠すと、「コンシーラーで隠してやるから」と小声で言われる。軽口を叩きながらも、なんだかんだ、血の繋がっていない兄貴も優しい。

ロケバスは、少し歩いた先の関係者駐車場に停めさせてもらっていた。バスの中には高額な商品も置いてあるため、運転手が車内で待機してくれている。おかげでバスの中は冷房が効いていて、天国のようだった。

約束どおり、寺ちゃんは持っていたポーチからコンシーラーを取り出して私の目の下に馴染ませると、「顔色も悪いから、しばらく休んでろ」と言ってロケバスを降りていった。

「ふー……涼しい」

私だけがここで涼むのも申し訳ないなと思いながらも、ひとまず持ってきていたスポーツドリンクを飲む。座席に体を預けて少し休んだら、眩暈《めまい》はすぐにおさまった。もしかしたら、軽い熱中症だったのかもしれない。

体調が落ち着いてきて冷静になると、今度は自分の不甲斐なさに落ちこんでくる。全体に気を配らなくちゃいけない立場の人間が逆に気を遣われて、私は本当になにをやってるんだろう。

「集中、集中……」

運転手には聞こえないぐらいの小さな声で自分に気合いを入れると、私も急いでロケバスをあとにした。


現場に戻ると、体感温度が三十度を超えているような過酷な状況なのに、モデルのふたりは涼しい顔で冬物を着こなしてくれていた。ふたりのプロ根性には、本当に頭が下がる。それに引きかえ私は……とまた自分が情けなくなってくる。

なんとか撮影も無事に終わり、ロケバスの中を片づけていると、園内の建物に着替えに行っていたはずの里見君が、なぜかロケバスに乗ってきた。

「伊吹さん、大丈夫？」

「里見君……着替えは？」

「さっき遊上君から伊吹さんが倒れたって聞いて、着替える前に様子見に来た」

ロケバスの中には、当然運転手もいる。あまり変な話はできない。

「倒れたわけじゃなくて、単にふらついただけで……それに一時間くらい前の話だから、もう大丈夫――」

「心配した」

私の話にかぶせるように、里見君は真剣な顔で言った。

……この雰囲気は、まずい。

私は里見君に目配せをして、ロケバスの外に出るよう促した。

「あの、里見君……人がいるところで、さっきみたいな言い方は……」

ロケバス近くの木陰で、私は周りに気を配りながら小声で窘める。

「心配だから心配って言って、なにがいけないの」

めずらしく怒ったような口調で返されて、面食らう。

……確かに、すべては心配をかけた私がいけないのだ。

「……ごめんなさい、心配かけてしまって」

「……いや、興奮して俺も……ごめん……」

里見君は決まりの悪そうな顔をして、頭を掻いている。

「今日会った時から元気なさそうだったから、ずっと気になってて……」

そんなに気にかけてくれていたのかと、本当なら嬉しいはずなのに。

天気とは裏腹に心は靄《もや》がかかったままだ。

「そっか……仕事に集中しなくちゃいけないのに、余計なことを気にさせてごめんね。ずっと暑さが続いてたし、多分夏バテかなー」

そう言って私は、精いっぱい笑ってみせる。自然、だっただろうか。

「……ねえ、本当は――」

「伊吹さーん！」

遠くから私を呼ぶスタッフの声が、里見君の言葉を遮った。

漫画なら今、頭の上あたりに、しん……という擬音がつきそうだな、なんて妙に冷静に考えている自分におかしくなってくる。賑やかな園内とは裏腹に、ここだけすべての音が吸い取られてしまったみたいだ。

「……ごめん、呼ばれちゃった」

「……うん」

なにを言いかけたのか、なにを言われるところだったのか。

たとえそれが他愛もない話だったとしても、今、里見君の口から発せられる言葉を聞くのが怖くてたまらない。

私はロケバスの陰から顔を出した。

「はーい、今そっちに行きますー！」

私がそう言ったからかスタッフはロケバスの手前で待ってくれていて、こちらに来る気配はなくほっと胸を撫で下ろす。

私は改めて、里見君のほうに向き直った。

「里見君は私たちがここからいなくなったら、こっそり着替えに行ってきてね」

「………うん」

釈然としない、と言った顔の里見君を置いて、私はスタッフのもとに駆け寄った。

逃げても、なにも解決しないことはわかっている。

彼がうちに来るようになってからずっと、私は里見君との関係をはっきりさせることから逃げてきた。

本当はこの、曖昧なまま続いている状況が嫌なくせに、はっきりもさせたくないなんて、矛盾。我儘。

＊　　＊　　＊

自分がこんなずるい人間だったとは知らなかった。

今日は私の体調のせいで周りに迷惑をかけてしまったし、早く寝なければと思っていたけれど、『恋コロ』の放送日だったことをスマートフォンのアラームで思い出した。

いつもならアラームなんて鳴らなくても、頭の片隅にはずっと里見君のドラマのことがあったというのに。余裕がなくなると、大事なことすら頭から消えてしまうんだなと悲しくなってしまった。

今日は第四話。『恋コロ』は深夜帯のせいか全八話と短く、物語も中盤を迎えていた。

『あなたは、私の彼氏じゃないでしょ……！』

思いがけず、ひよりのセリフが刺さる。

『……あんたの彼氏だって言えるなら、とっくに言ってる』

ミツジは家族に闇を抱えている設定だ。ひよりとつき合うことによって、彼女がつらい思いをするんじゃないか、というミツジの心配と思いやりから来ているセリフなのだけれど、それによってすれ違っていくふたりが悲しい。

ドラマも終わり、始まる前に淹れてすっかり冷めきったカモミールティーを呑み込む。ティーバッグを取り除くのを忘れていたから、余計な苦味が口いっぱいに広がった。

「にが……」

こんな苦味は、早く取り除きたい。

私はキッチンへ行き、マグカップを軽く濯いでからそれにミネラルウォーターを注いだ。マグカップに口をつけようとした瞬間、ふと、里見君がいつも使っているマグカップが視界の隅に映る。

「あなたは、私の彼氏じゃないでしょ……か」

ひよりがどんな気持ちでミツジにその言葉を投げつけたのか、今の私には痛いほどわかる。

日本のみならず海外でも活躍する売れっ子モデルのミツジと、奨学金でなんとか大学に通えている自分とはなにもかもが違いすぎる。それにそもそも、相手は一般人じゃない。そんな釣り合うはずのない自分を気にかけるのはやめてほしいと、心とは裏腹でも、ひよりだって言ってしまいたくもなるだろう。

「ほんと、期待させないでほしいよね……」

懐くはずのない美麗な野良猫が擦り寄ってきたから、私はあとのことも考えず嬉しくて舞い上がってしまった。

……いや、嘘。

つねに頭にはあった。でも里見君を思う気持ちがどんどん膨らんで、見ないふりをするようになった。

こんなにも彼を好きになる前に「もうここに来ちゃだめだよ」と、私は〝野良猫〟に言わなければいけなかったのだ。どんなに扉の外で鳴いても、開けてはいけなかったのだ。

そろそろ寝ようかとソファーに戻ったタイミングで、スマートフォンが着信を告げてドキリとする。こんな時間に連絡をよこすのはひとりしかいない。

見れば案の定、里見君からだった。

『話したいことがあるんだけど、もう寝た？』

既読をつけずに、通知に現れたそのメッセージを何度も何度も読む。

話したいことって。

私の様子についてだとしても、里見君本人のことだとしても、どちらにせよ、いつものように取り繕える自信はない。

私は既読をつけず、そのまま寝室へと向かった。

翌朝。

私は、里見君がおそらくゆうべ話したかったであろう内容を、ネットニュースで知ることになる。

Act 8：野良猫なんかじゃない

ひととおり仕事の準備を終えてから、編集部の片隅で自分のカップにコーヒーを注いでいると、金岡編集長も自分のマグカップを持ってこちらへ来た。

「聞いたか？」

なんのことか、主語を言われなくともわかる。私のところにもあちらこちらからメッセージが届いているし、編集部内でも軽く騒ぎになっている。

私はその前に、ネットニュースで知ってしまったわけだけれども。

「あ、はい……朝ここに来る前に、ネットの記事で見ました」

「さっき俺んとこに、廉の事務所の社長から連絡が来たよ」

「そう、なんですか」

……思い出せ。

早く。今すぐ。普通の会話がどんな感じだったかを。

余分な感情をひたすら排除して、排除して。私は記憶の糸を猛スピードで手繰り寄せる。

「別に悪いことじゃないし、今どきこっちにもさしてダメージはないと思いますよって言ったんだけど」

　金岡編集長はマグカップへコーヒーを注ぎながら、なぜか幾分楽しそうだ。

「廉は否定しているんだとさ、このこと」

「えっ。否定、してるんですか……？」

「なんだ伊吹。出版業界にいて、芸能ニュースを鵜呑みにしてるのか？」

　目の前からはクスクスと笑う声が聞こえる。

　それも随分な言い方だと思ったけれど、おかげで少し冷静さを取り戻せた気がする。

「いえ……陣中見舞いに行った時も、この間の撮影の時も仲良さそうにしていたんで、てっきりそうなのかなと……」

　悟られないために口からポロポロと吐き出された言葉は、予想以上に鋭さを持っていて、容赦なく自分を傷つけていく。

「まあ、まだはっきりとはわからないけどな。ただ、事務所に嘘をついてもいいことはないから、廉が言ってることは本当だろうと俺は思うけど」

　確かに嘘をついてあとでバレたら、本人が事務所からの信用を失うだけじゃすまない。

「事務所側も今回の記事の出処がわからないらしくて、はっきりするまではノーコメントで貫くらしい。だからそれまでは多少、ご迷惑をおかけするかもしれませんって謝られたよ」

「そうですか」と言いながら、金岡編集長のように笑おうとしたけれど、全然うまく笑えない。こんなことならいっそ、深刻な顔で言えばよかったと後悔した。

「……どうした？　廉のスキャンダルがそんなにショックだったのか？」

金岡編集長の冗談だって、悟られたわけじゃないって、わかっている。

動揺するな……しちゃ、いけない。

私は湧き上がったすべての感情を、無理やり胸の奥に押しこめた。

「ショックっていうか……里見君、今が一番大事な時なのにって思ったら、ちょっと心配になっちゃって」

頭をフル回転させて、絞り切ったレモンから無理やり果汁を垂らすように、なんとか絞り出す。もちろんこれも、本心であることに違いはないが。

心に、皮の苦味が迸った。

「そうだな。もし山岸蘭とのスキャンダルが本当だとしたら、ちょっと迂闊《うかつ》だったかもな」

今度は違う痛みが胸に走った。

里見君は、本当に迂闊だ。

そして、その迂闊さをあの日受け入れただけでなく、今や待ち望んでしまっているのは、他でもない私自身なのだ。

調べてみると、里見君と山岸蘭の熱愛記事は週刊ナイン一社のすっぱ抜きだったようで、それがニュースサイトで拡散されたといった感じだった。確かに、ツーショットなどの写真が掲載されているわけではなく「関係者の話によると」という、お決まりの文言が書かれた文章だけだ。

両名ともまだそれほど知名度が高くないせいか、ニュースサイトのコメント欄には「誰？」とか「どうでもいい」といった心無いコメントもチラホラ見受けられる。

知らないならわざわざ書かなくてもいいのに、とムカつく気持ちを抑えながら、私はパソコンを閉じた。

鞄から自分のスマートフォンを出してケースを開くと、ロック画面にはゆうべの通知がゆらゆら浮かんでいる。

既読をつけない私を、里見君はどう思っただろう。

今、なにをどう返していいのかわからず、余計に既読はつけられなくなってしまった。

「取材行ってきます」

金岡編集長にそう言って席を立ち、私は編集部をあとにした。


取材中、私はどこか上の空だったのかもしれない。

公私の区別をつけてしっかりやっていたつもりが、帰社後、金岡編集長に取材の甘さを厳しく指摘されてしまった。こんなことは異動してから初めてだ。幸い、イベントなど取り返しのつかない取材ではなかったため、先方に謝罪して電話での追加取材を受けてもらえることにはなったけれど、自分には激しく失望した。

プライベートのことが仕事にまで影響するのは、社会人として失格だと思っていた。特に人とかかわる仕事で気が緩むなんてありえない、と。

もちろん今までだって、プライベートが気にかかる状況がなかったわけではない。それでも仕事に支障をきたしたことは一度もなかった。だから自分は、そのへんはしっかりしているのだと思っていた……驕《おご》りだったけれど。

私は誰もいないエレベーターの中で、大きくため息をついた。グーンと音を立てながら、大きな箱は私を下の階へと運んでいく。まるで、奈落の底に沈んでいくみたいに。

今、里見君はどうしているのかな。

こんな、心がぐちゃぐちゃな時でも、思い浮かべてしまうのはやっぱり里見君のことなんだなと思ったら笑えてくる。

「——ご苦労さん」

会社の正面口から出ると、真横から声をかけられて驚く。

声の主は金岡編集長だった。

さっきの状況を思い出すと居た堪れなくなるけれど、仮にも上司に失礼な態度は取れないと無理やり背筋を伸ばす。

「お疲れ様です……って、あの、結構前に帰宅されたんじゃ……？」

「編集部は出たよ。でも、見てのとおり帰宅はしてない」

「まあ、そう、ですよね」

頭を下げながら「お先に失礼します」と言って金岡編集長の横を通り過ぎようとする

と、「待て待て」と腕を引かれた。

「伊吹、これからの予定は？」

「え……？」

思ってもみなかった展開で、言葉を失ってしまった。

「伊吹の、これからの予定」

私が聞こえなかったと思ったのか、金岡編集長はゆっくり言い直すと柔らかく微笑んだ。

「……特には、ないですけど」

「だったらつき合え」

「はい？」

「今日ばかりは業務命令だ。逃げるなよ？」

そう言って金岡編集長はどんどん先を歩いていってしまう。

業務命令と言われてしまったら仕方がないと、私は重い足取りで金岡編集長のあとを追いかけた。


「……業務命令っていうから、仕事なのかと思いました」

程なくして、私はこじゃれた個室居酒屋の前に立っていた。

今、私は金岡編集長とさしで飲めるほど、元気な状態じゃない。

私が不服そうに言ったからか、編集長は少し苦笑いのような笑みを浮かべたものの、すぐにいつもの顔へと戻る。

「これも、仕事の延長だから」

どんな仕事だというのだろう。

とはいえ、ここまで来て今さら断れるはずもなく、私は仕方なく促されるまま店へと入った。

和風な外観とは裏腹に、個室席にはシャンデリアらしきブルーの煌びやかな照明がぶら下がっていて、明かりは弱いものの派手に私たちを照らしている。

「伊吹は、なに飲む？」

個室居酒屋なんかに連れれてきていったいどういうつもりなのかと、いつかの寺ちゃんの言葉が脳裏にチラついてつい身構えてしまう。

なにかを察したのか、金岡編集長は困ったような笑みを浮かべた。

「そんな顔するなよ」

「え……」

「さっきのことを気にしてるなら、この先の仕事をしっかりこなしてくれれば、あれ以上言うことはないよ」

それも勘違いではなかったので、うまく乗っかっておく。

「……だから、今日はひとりで反省会をしようと思っていたんです」

「伊吹の場合、そんなことをしたらドツボにハマるだけだからやめとけ」

やっぱり、この人は鋭い。実際、そうだっただろうと自分でも思う。

以前ならこんな時は友達を誘って憂さ晴らしにカラオケで騒いで……なんてこともしていたけれど、雑誌の編集という不規則な仕事をしていると、いつの間にか誘える友人が少なくなってしまっていた。学生時代のようにはいかないと端《はな》からわかってはいたけれど、ひとり、またひとりと、疎遠になっていくことが寂しい。

でも私から離れていくのは、なにも学生時代の友人だけじゃない。

……きっと〝野良猫〟も。

今度はちゃんとした〝飼い猫〟になってしまったのかもしれないのだ。

「なんだ、箸が進んでないな。このデミグラスソースで煮込んだモツ、うまいから食ってみろよ。俺の行きつけの洋食屋があるんだけど、そこの店主からの直伝のメニューなんだよこれ」

「そうなんですか……」

ひと口食べると、口の中にデミグラスソースの濃厚な味が広がった。そして味覚はいとも簡単に、いつかの記憶をも呼び起こす。私は、ハッシュドビーフならぬハッシュドポークを里見君と一緒に食べたことを思い出してしまった。

里見君の欠片は、家の中だけじゃなく、もうあちらこちらに散らばっている。そしてふとした瞬間、欠片はこうして私の胸に突き刺さる。

しばらく、こんな生活が続くのか……。

そう思ったら胸が詰まって、あやうく泣きそうになって、私は咳込んでごまかした。

「どうした、大丈夫か？」

「ちょっと、ソースが気管に入って……」

「水を持ってきてもらおうか」

「あ……だ、大丈夫です」

大丈夫と言ったのに、金岡編集長はお店の人に水を頼み、「ほら」と心配そうな顔で差し出した。

今は、些細な優しさでも弱い。

今度こそ、ごまかせない。

顔を上げられずにいると、困ったような、呆れたようなため息が聞こえてきた。

「……伊吹が調子悪いのは、今日に限った話じゃないよな？」

そう言って、金岡編集長は鞄から取り出したポケットティッシュを私の目の前に置いた。やっぱり泣いたのがバレていたんだと情けなくなる。上司の前なのに、気を緩めるなんて。そんなつもりはなかったのに。

「聞いたよ。この前の里見と遊上の撮影の時、倒れたんだって？」

「……倒れたっていうか、あの日は暑くて熱中症気味だったみたいで、ちょっとふらついただけで……」

私があの日ふらついた話を金岡編集長にしたのは、おそらく寺ちゃんだろう。

余計なことを……と思いながら、私は指で目頭に溜まっていた液体を拭う。

「伊吹は、そういう自己管理も今までしっかりしていただろ。まあ、それでももちろん、体調の悪い時はあるだろうけど」

金岡編集長はわざわざポケットティッシュの取り出し口を開けて、一枚私の目の前に差し出した。迷ったけれど、私は軽く頭を下げ、それを受け取る。

「俺が知る伊吹菜津っていう人間は、責任感が強くて脇目も振らず、ひとつひとつの仕事につねに全力を尽くしてる。しかも全方面に細やかな気配りまでして」

「そんな……買い被り過ぎです」

「いや。俺は見たまま評価してるよ」

一応編集長だからさ、と少し笑いながら言って、金岡編集長はグラスに残っていたビールを呷《あお》る。すかさずメニューを取ろうとしたら、編集長に制止された。

「そんな伊吹が、俺の前ですら取り繕えなくなるなんて、よっぽどだろ」

返答に困ってしまう。なにもありませんよ、なんて、泣いていることがバレている状況で言えるはずがない。

「……もしかして、『どうなんでしょう君』のせいか？」

「……え？」

「前に俺が、つき合ってるやつはいないのかって訊いた時に、伊吹はそう答えたろ。『どうなんでしょう』って。関係をはっきりさせずにつき合ってるやつがいるんだって、俺は解釈したんだけど」

図星過ぎて、ぐうの音も出ない。

金岡編集長は頭を掻いた。

「……編集長の立場を飛び越えて、立ち入ったことを訊いてるのは自覚してるよ。でも……悪いな、私情が少し、混じってる」

私情、というのはやっぱりそういうことだろうか。

困った表情になっていたのか、金岡編集長は私の顔を見て苦笑する。

「いや、伊吹は内側に溜めてひとりで苦しむタイプのような気がするから、もし俺に話して少しでも軽くなることがあるなら、と思ったんだけど……俺に話せるわけないよな」

また、目の前のその人は頭を掻いた。いつも仕事の時は毅然《きぜん》としている編集長が、今は自信なさげなひとりの男性に見える。

「……それ、兄にもよく言われます。内側に溜める、ってこと」

「そうか。俺の観察眼も捨てたもんじゃないな」

「編集長は、いつもみんなをよく見てるなと思ってますよ。そういうところも含めて、尊敬しています」

金岡編集長は、少し驚いたような顔をした。

「は……、それこそ持ち上げすぎだろ」

照れ隠しのためなのか、さっきは断ったメニュー表を自ら開き、飲み物の欄を見ている。

このタイミングで言うのが適切だったかはわからないけれど、前々から思っていたことだ。ゴマすりでもなく、深い意味もない。

若くして『Men's Fort』の編集長に抜擢されたのも、仕事の実力はもちろん、このへんのことも関係しているのだろうと思っている。

だから、ここで場当たり的ことを言っても、きっと見透かされる。

まだほんのり濡れていた目元を、編集長にもらっていたティッシュで拭って、私は大きく息を吐き出した。

「……編集長は……怖く、ないですか？」

「何が？」

「相手の、本心を知ることが」

言ってから、さっき私に微妙なことを言った人間に問いかける話ではなかったかもしれないと後悔する。でも、誰かに訊いてみたかった。

私は、本心を聞くのが怖くて怖くて、前へ進めずにいた。

だから〝野良猫〟にとって居心地のいい空間を作れば、一日でも長く留まっていてくれるのではと、都合よく考えてきた。

金岡編集長はメニュー表に視線を落とすと、それをぱたりと閉じた。

「怖いよ」

言ってから、ふ、と笑った。

「でも、うやむやにして相手の気持ちを決めつけたままでいるのは、相手にも失礼だし、なにより自分の気持ちが浮かばれない」

相手の気持ちを、決めつける……。

金岡編集長は瞳に翳りを湛えながらも微笑しながらため息を漏らした。

「俺は自分本位だからさ、どちらかと言えば、自分の気持ちをないがしろにするのが嫌なんだろうな」

思わず、くすりと笑ってしまう。

「自分本位なんですか？」

「まあな。だから今日だって、強引に伊吹をここに連れてきたし」

「確かに強引でしたね」

「悪かったなー」と言いながら、金岡編集長は笑う。

ひとしきり笑ったところで小さく息を吐き出すと、編集長は改めてこちらを見た。

「だから伊吹も、もう少し自分を尊重してもいいんじゃないか？　伊吹は人のことばかり気にして、自分の足元は疎かにしている気がするからさ」

「……そんなこと、ないですよ。私も自分本位ですから」

金岡編集長は「そうか」と小さく笑った。

「懸命に頑張っている伊吹には、幸せでいてほしいよ」

穏やかな笑みが、私の心の中のなにかに触れた気がした。

また、込み上げてくる。

「……優しいですね」

「優しいか？」

差し出されたティッシュを、今度は素直に受け取った。

「……なにせ自分勝手だからさ、俺。この際、もっと正直に言えば、弱ってる伊吹をこのまま連れ去りたいと思うぐらいには、よこしまな気持ちがあるよ、今。でも……そこに付け入ってもお互い幸せにはなれないしな」

大人だな、と思う。

素敵な人だな、とも思う。

もし、私が好きになったのが金岡編集長だったら、こんなモヤモヤとした気持ちを抱えずに済んだのかもしれない。

でも、そうはならなかった。

「そんな、ツラそうな顔して……」

「編集長の前なのに……本当に、すみません」

だから、今一番大事なことは。

「今、伊吹がしなくちゃいけないのは俺に謝ることじゃなくて、ちゃんと白黒はっきりさせてくることじゃないか？」

「……そうですね」

もう、怖がっていても仕方がない。

私は、金岡編集長に深々と頭を下げた。

「いろいろと、ありがとうございます」

「また来週から、馬車馬のように働いてもらわないといけないからな」

「……頑張ります」

金岡編集長はアハハと声を上げて、楽しそうに笑っている。

心が決まってしまえば、向かう先はひとつ。

私は渋る金岡編集長に飲食代を無理やり押しつけ、先に居酒屋をあとにした。

*　　*　　*

向かう先はひとつ、なんて、心の中だけではあったものの恰好をつけて居酒屋を出てきながら、私は街の片隅で途方に暮れていた。

いくら里見君が事務所に否定しているからと言って、山岸蘭と本当につき合っていないか、真意はわからない。しかも里見君からの連絡に未読無視を続けてしまっている状態で、今さらどう連絡したらいいのだろうかと、チャットアプリを開くことさえ二の足を踏んでしまっていた。

スマートフォンのロック画面には、何度も見た里見君からのメッセージ……かと思えば、文章が違っていることに気づく。

『連絡もらえませんか』

よく見ると、通知は数枚重なっていた。

『忙しい？』

『ネットニュース、見たよね？』

最初のメッセージは、時間的に私が編集部を出る直前ぐらいに送られてきたようだ。次はそこから三十分後、最後はついさっき。スマートフォンはマナーモードにして鞄の底のほうに入れていたから、バイブ音じゃ騒がしい居酒屋では聞こえなかったのだろう。

『連絡もらえませんか』

連絡した先に待っていることを考えて、また怖くなる。

もう逃げないと決めたばかりなのに。さっそく揺らいでしまう自分が情けない。

マナーモードをオフにした瞬間、軽快な音とともに新たな通知が現れてドキリとする。

「『恋コロ』のインスタ……」

逡巡しながらも開いてみると、画面には山岸蘭ともうひとり女性キャストの楽しそうなツーショットが映し出された。

「あっ」

外で、なおかつ片手での操作だったせいか、スマートフォンが落ちそうになって画面をダブルタップしてしまう。その時どうもリンクを踏んだらしく、不本意にも山岸蘭のインスタグラムに飛んでしまった。

『恋コロ』のキャストとのオフショットや、インタビュー記事の宣伝など、たくさん表示された写真の中の、とある一枚に目が留まる。

「これ、って……」

『今、ちょうどいい感じの持ってたなと思って』

そう言ってあの日、里見君がうちの合鍵につけた紫色の根付。

「山岸蘭の、オフィシャルグッズ……」

おそらく単に、彼女がキャスト全員に配っただけだろう、と想像はできる。

想像はできるけれど、でも……。

些細なことが私の中にじっとりとした粘度をもって沈み、幾重にも積み重なって、重苦しくなっていく。

気がつけば私は、いつもの家への道を淡々となぞっていた。

自宅のドアを開けてもすぐに電気をつける気にはなれず、暗闇に向かって入ろうとした時、玄関にあるはずのない、なにかに躓《つまず》いた。

「……え」

確かめるために、電気をつけようとすると——

「なっちゃん……」

——か細い声が、影とともに現れた。

「…………里見君」

「ごめん……勝手に」

「今、こんなところに不用意に来たらだめじゃない。もし、マスコミに尾行されてたら……」

里見君と思いがけない形で会ってしまった気まずさよりも、私は真っ先にそのことが気になった。

「大丈夫。それらしい車も人もいなかったし、念のため複雑な経路を辿ってここまで来たから」

黒い影はどんどん大きくなり、電気のスイッチに手を伸ばしている。

突然廊下が明るくなって、目が眩《くら》む。黒い影だったその人が色を帯びると、やっぱり綺麗だな、なんて当たり前のことを改めて思ってしまった。

そのままぼんやり見ていると、彼はなぜか驚いたような表情になる。

「……なっちゃん。なんで、泣いてるの」

「え……」

泣いている、と言われて自分の状況に初めて気づくなんて、そんなドラマみたいなこと、自分には絶対に起きないと思っていたのに。

目元に手をやると、確かに濡れていた。

自分が今どういう感情で、どんなことを考えているのか、わからない。ただ、紫の根付のことだけは、あれからずっと頭の隅にあった。

「……もしかして、俺の、せい？」

里見君の、思いがけない問いかけに、私はどう答えればいいんだろう。

「そうだったら……この状況でおかしい話だけど、ちょっと嬉しい」

「……どうして？」

なぜかその言葉は、すぐに口から吐き出された。

「どうして、って……」

里見君は困った顔で微笑んでいる。

私は小さく息を吐き出した。

「……ごめん、先に着替えさせて。ちょっと飲んでるから、口も漱《ゆす》ぎたいし」

「飲んでるって……ひとりで？」

私が黙っていると、里見君からすっと表情が消えていく。

次の瞬間、私は里見君に抱きしめられていた。

「……お酒くさい」

私はゆっくりと、里見君の胸を押す。

「……リビングで、待ってて」

もう今までのようにはいかなくなったのだと、私は里見君に抱きしめられて悟った。

もう、ごまかせない。

なんとなく部屋着に着替える気分でもなく、私は疲れにくそうなカットソーとジーンズに履き替えた。洗面所に行き、手早くうがいと手洗いを済ませる。

顔を上げて鏡をよく見てみれば、頬に涙が伝った跡がついていた。

私は、いったいなにが悲しかったんだろう。

里見君が他の人とつき合ってるかもしれないこと？

里見君と別れなければいけなくなるかもしれないこと……？

別れる、なんて、私たちはそもそもつき合ってもいないのに。

リビングに行くと、つけていた廊下の電気を消したのか、真っ暗闇の中に里見君はぽつんと座っていた。

「……なんで、電気つけないの？」

私の声に振り向く。

「さっきもつけてなかったよね」

「……驚かせようと思って」

リビングの明かりをつけると、里見君は寂しそうに笑っていた。その空気に耐えられず、私は逆に精いっぱい微笑んで見せる。

「なにか、飲む？」

そんなことを訊かれると思っていなかったのか、里見君は少し驚きながらも、どうするか考えているようだ。

「……グリエ、ある？」

冷蔵庫を開けてから、そういえばこの前、里見君が来た時に飲んだのが最後の一本だったなと思い出す。

どこかに置いていたりはしなかったかと、飲み物のストックを探してみると、奇跡的に一本出てきた。

これが、本当に最後の一本。

「冷やしてないけど、いい？」

「うん、いい」

食器棚から、特別な時に使おうとしまっておいた高価なグラスを取り出し、氷を入れてからグリエを注ぐ。グラスの形状のせいもあるのか、いつもより炭酸の泡が部屋の明かりでキラキラと煌めいて見えた。

目の前にグラスを差し出すと、里見君はさっそくひと口、こくりと飲み込む。

「……やっぱおいしいな」

私も倣《なら》ってひと口飲む。口の中で、しゅわりと泡がはじけた。

それからふたりとも喋るでもなく、グリエを飲むでもなく、ただリビングには炭酸のシュワシュワと弾ける音だけがひっそり響いていた。

しばらくして、口火を切ったのは里見君のほうだった。

「なっちゃん……ネットニュース見た、よね？」

「……うん」

里見君は、後頭部を掻いている。

「会社に行ったら、編集部でも軽く騒ぎになってたし」

「そうか……そうだよね。ネットを見なくても、なっちゃんの場合、会社に行けばわかるか」

また、静寂がリビングに流れる。

『実は、つき合っているんだ』

勝手にシミュレーションされた言葉が、頭の中でこだました。

同時に、紫の根付をつけた鍵の束を見せて「つけたよ」と、嬉しそうにあの彼女に見せている光景が頭に浮かんで、胸が張り裂けそうになった。

なんで私は、住む世界が違う人を好きになってしまったんだろう。

こんなに苦しいなら〝野良猫〟を家に入れたりしなければよかった。

思わず泣きそうになって、ぐっと奥歯を噛みしめる。

しばらくして、小さな吐息とともに里見君の口からぽつりと言葉が落とされた。

「……信じてもらえるか、わからないけど」

ずっと俯き気味でいた里見君が、顔を上げてこちらをまっすぐに見た。

「俺は、山岸蘭ちゃんとはつき合ってない」

なんとなく、やっとまともに息を吐き出せた気がした。

「……うん。編集長から、里見君が事務所の社長にそう言ったって、聞いてた」

里見君が、少しほっとしたような顔になった。

「聞いてたんだ……」

目の前のグラスを取ろうとして少し手を滑らせたのか、カタン、とグラスがテーブルにぶつかる音がする。里見君は、ふーっと息を吐いて「危な……」と言いながら、今度はちゃんとグラスを手にした。

「そもそも蘭ちゃんとつき合ってたら、こんなふうにここには来れない」

それも確かにそうなのかもしれないなと思いながらも、私は拭い去れない違和感を抱いていた。

里見君は喉が渇いたのか、ゴクゴクとグリエをグラスの半分ほど飲んで息をつく。

「とにかく、なっちゃんと会って、ちゃんと顔を見て話せてよかっ……」

「あのさ」

言い終わる前に私が言葉を発したことに、里見君は少し驚いているようだった。無理もない。人に話を聞いたりする仕事柄もあって、私がこれまで話を遮るようなことは、一度もしたことがなかったのだから。

これから私が話そうとしていることは、きっと私自身をも痛めつけることになる。

それがわかっていても、もう黙っているわけにはいかない。

「……私、池尻ありさちゃんと話したんだよね」

里見君の顔色が、一瞬で変わったのがわかった。

「あの、ゴキブリ騒動があった撮影の時……本当はね、ゴキブリなんかじゃなく、もっと大変なことが起きていたの」

「え……」

里見君は演技ではなく、本当に驚いているように見える。その証拠に彼は今、青白い顔をしている。

「……よかった。なにも聞いてないんだね。マネージャーさんには口止めしてたけど、どこかから里見君に伝わってしまってるかもって、ちょっと心配してた」

「なにも……聞いてないよ」

「うん」

最初の一歩を踏み出してみたら、不思議と気持ちが落ち着いてきた。

私は小さく息を吐き出して、さらに話を進めた。

「里見君、ありさちゃんに頼まれてたんだね、私を探ってって……私が、寺嶌さんとつき合っているのかどうか」

人が呆然とした時って、こんな顔になるんだな。

そんなことを冷静に考えている自分は、どこかおかしくなっているのかもしれない。

ちょっと笑いまで込み上げてきた。

里見君はテーブルの上のグラスを見つめて黙り込んでいる。もう、それが答えだろう。

「前も説明したけど、私は寺嶌さんとはつき合っていないし、それはあの撮影の時に寺嶌さんからも私からも、彼女にきちんと話した。その時はだいぶ激高されたけれど、あとで謝罪されたの。その時、事の経緯を詳しく聞いたんだよね、彼女から」

なにかが、ボロボロと音を立てて崩れていく気配がする。

「彼女が持っていた里見君の画像は、里見君のマネージャーさん立ち合いのもとで消したようだし、もしもどこかに保存していたとしても、双方の事務所を巻き込んでいる以上、表に出ることはないと思う」

里見君は瞠目《どうもく》してこちらを見た。

「……なっちゃんは、画像のことも、知ってたの……？」

「直接見てはいないけど、どんなものだったかは知ってる」

なぜ目の前のこの人は、絶望に打ちひしがれたような顔をしているのだろう。そろそろ、開き直ってもいい頃なのに。むしろ、絶望しているのは私のほうなのに。

「だからね、もう画像をばら撒かれる心配もないし、ありさちゃんのために私を探らなくてい……」

「違う‼」

突然の大声に、体がびくりとする。

「あっ……ご、めん大声出して……でも、本当に違うんだ……」

「なにが？　私のことを探っていたのは事実でしょ？」

声に棘が混じってしまっていると、口に出した瞬間に気づいた。

「なっちゃんを探っていたのは……池尻ありさのためじゃない」

「じゃあ、なんのため？　自分の身を守るため？」

どんどん、語調がきつくなっていく自分を止められない。

「もうなにも心配することはないんだから、適当な理由をつけて私から離れればいいし、今回のことだって、私にわざわざ言い訳なんかしに来なくてよかったのに……っ」

自分の乾いた笑い声が、喉の奥を掻《か》きむしる。

笑いたくなんかない。

離れたくなんかない。

本心が、窮屈だったと言わんばかりに隙間から顔を出した。だめだ。瞳から、ボロボロ溢れてくる。

「……ごめん、なっちゃん」

里見君は立ち上がり、そばまで来ると私を抱きしめた。

彼の体温が、愛おしい体温が、今は私の心を苦しめる。

「もう……こんな、こと、しないで」

涙で言葉が途切れ途切れになりながら、私は里見君の胸を押した。

「……やだ、離さない」

私が逃げ出せないように、里見君の腕に力が込められる。頭を軽く撫でたかと思うと、そのまま引き寄せられた。

「なっちゃんがこんなに苦しんでいたなんて、知らなかった……」

なんとなく、ゆうべ観たドラマの中の〝ひより〟と、重なったような気持ちになった。報われることがないのなら、せめて放っておいてほしい。惨めに、しないで。

「……言い訳になるかもしれないけど、聞いて」

里見君は私を離し、向き合って座り直すと、今度は私の両手を握る。小さく吐き出された息は、わずかに震えていた。

「まずは画像の件だけど……モデル男女数人で、仕事で泊まりに行った時に、片方の部屋に集まったところをたまたま、俺と彼女だけ切り取られて撮られたものなんだ。しかも俺が上半身裸でベッドに横たわっていた時で、彼女も夏だったから少し薄着で、見ようによっては事後みたいに見えなくもなくて……」

いつもは温かい彼の手が冷えていると、今さら気づく。

「……だから下手にばら撒かれると相手にも迷惑がかかるし、厄介だなって思って俺は、池尻ありさの頼みを聞いた」

「……そう、なんだ」

わかっていたことでも、本人の口から聞かされると、ショックが大きい。胸の辺りがザラザラしてくる。

「でもそれは、表向き」

「……え」

「乗っかったんだ、彼女の話に」

私は、俯いていた顔を少し上げた。

「俺自身が、気になってたから。なっちゃんと、寺嶌さんの関係が」

里見君はテーブルの下に置いていたティッシュの箱から数枚取って、私によこした。

きっと今、私は相当酷い顔をしているのだろう。

「あの飲み会の夜、俺が具合悪そうにして『家に寄りたい』って言ったら、なっちゃんは優しいから絶対家に上げてくれると思ってた。だから、なっちゃんが俺を送っていってくれるように、金岡さんにそれとなく促したんだ」

里見君は口元を歪めた。

「洗面所を借りた時、男の物がないか探したよ。でも、それらしき物は見当たらなかった。寺嶌さんとはなんでもないのかなと思った時……なっちゃんさ、俺にタオルを貸してくれたよね？」

必死で記憶を巻き戻す。

あの時、気持ち悪さが治まったと聞いた私は、少しはすっきりするかと、里見君にうがいと洗顔をすすめた。その時、手渡したタオルは。

「あれ、寺嶌さんがメイクの時によく使ってるタオルだよね。俺、柄がいいなと思って覚えてたから」

確かにその時手渡したのは、寺ちゃんからもらったタオルだった。

「……あれは、ロケの時に寺嶌さんから借りて、洗濯して返そうとしたら『何枚もあるからやるよ』って言われて……男物っぽい柄だし、里見君にいいかと思ったから……」

「そういう気遣いがなっちゃんらしいよね……でもさ、」

言葉を区切り、苦笑する。

「俺はそれを見た瞬間、どうしようもない感情が湧き上がってきたんだ……自分でも、驚くぐらいに」

里見君は口を真横に引き結ぶ。

「……なっちゃんのことは、寺嶌さんとの関係を気にするぐらいには心にあった。だから池尻ありさの頼みを聞いたわけで……でも、好奇心の延長程度だと思ってたんだ、あの時までは」

里見君は私の顔を覗き込むようにすると少し微笑んで、ティッシュで私の頬を流れていた涙を拭いた。

「俺が、俺のことを、全然わかってなかった。酔ったふりまでしてなっちゃんのことを探ろうとしたのは、どうしてだったのか」

涙を拭くために一度離した左手を、またぎゅっと握られる。

「寺嶌さんのタオルを見ただけで、嫉妬でおかしくなりそうになるなんて……そんなこと今まで経験なくて戸惑ったし、湧き上がる感情を止められなかった。だから俺は……」

里見君が急に押し黙ったので、チリチリと炭酸のはじける音が微かに耳に届いた。

視線だけ少し上げると、顰めた顔が視界の隅に見えた。

「……今思い返しても、相当強引だったと思う。最低だよね、俺……」

私も、あの日を思い返す。洗面所から帰ってきた里見君の目は、欲望に乗っ取られたような妖しさを放っていた。

「でもどうしてもあの夜、なっちゃんを寺嶌さんから奪いたかった」

苦しそうな声が、耳を揺さぶる。

『強引にキスしちゃ、だめだよな』

いつかの、ミツジに言った言葉は、もしかしたら自分にも向けていたのだろうか。

拒絶するわけでもなく、怖いとも思わなかったのだから、そんなふうに苦しまなくていい。そう言いたいのに、今なにも言葉が出てこない。

「なっちゃんに近づいたきっかけもまともじゃないし、最低な始まりだったから、俺のことは好きになってはもらえないと思ってた。なっちゃんは優しいし仕事でのかかわりもあるから、ただ俺を拒絶しないだけなんだ、って」

里見君はきっと、私の態度からそう読み取っていたのだろう。心を押し殺した私は、ドライに見えていたのかもしれない。

私はひとつ大きく息を吐き出して、彼を見つめた。

「……優しさだけで、何度も関係を持ったりはしないよ」

目が合う。

「私にも、意思はあるから」

「……そう、だよね」

私の手を握る手に力がこもる。

「こんなことなら、もっと早く気持ちを口に出せばよかった……ずっと、拒絶されるのが怖くて言えなかった」

私たちは、同じことを考えて立ち止まっていた。

思いを口にすることで、壊れてしまうと思っていた。

「私も……怖かった。里見君は芸能人だし、私なんかのところに来るのは、単に遊びたいだけだと思ってたから」

「そんなわけないでしょ……って、そう思われても仕方ないか……」

里見君は今までの苦しさをすべて吐き出すように、ため息をついた。

「当たり前だけど、最初のボタンをかけ違えちゃうと、どこまでもずれていくもんだね」

私は頷いた。

「……直すためには一度全部はずさなくちゃいけないけど、ちゃんと一からボタンをかけ直せるかがわからなくて、はずせなくなる」

「うん……」

「思いきって、はずせてよかった」

微笑む里見君を見ていたら、解消されない違和感を覚えた。ふと、申し訳なさそうに話す池尻ありさが、頭に浮かぶ。

まだだ。まだ、ボタンはかけ違えられたまま、だ。

「……あのさ、里見君」

「ん？」

「あの撮影の日、なんだけど……ありさちゃんに『五分五分だけど、望みはあるかも』って言ったんだよね……？」

「えっ」

「ありさちゃんから聞いたの。私と寺嶌さんがつき合っているかそうじゃないか、五分五分だって言われたって。私、それを聞いて……」

また、涙が溢れてくる。

「里見君……どんな気持ちで、それを言ったのかなって……私のことは、なんとも思ってないのかなとか……」

「逆！　逆だよ！　彼女を焚《た》きつけてあわよくば寺嶌さんとくっついてくれたら、俺の不安もなくなるかなって思って……」

里見君は握っていた手を離すと、がしがしと頭を掻いた。

「じゃあ、なんで五分五分なんて言ったの……？　つき合ってないみたいだよって言えばよかったのに」

「だって、あの時は本当につき合ってないっていう確証はなかったから……」

申し訳なさそうな顔をして俯く里見君を見ていたら、なんだか急にかわいく思えてきた。

「……なんか、ニヤニヤしてる」

「だって……」

「泣いたりニヤついたり。忙しいな、今日のなっちゃんは」

そう言って、里見君は私の頭を愛おしそうに撫でる。

「でも、素直に感情を見せてくれて、嬉しい」

もう感情を押し殺したりしなくていい。平気なふりもしなくていい。

そう思ったら、心の奥底から愛おしさが溢れてくる。

「……やっぱり好きだな」

「……えっ」

「すごく、好きだなって……廉のことが」

私が名前を呼んだからか、驚いたような顔をする。

「私が、廉のそばにいてもいい……？」

「そん、なの……」

里見君は私を引き寄せた。

「なっちゃんが嫌って言っても、俺がそばにいるよ」

いつもよりも低く抑えられた声が、耳の近くで優しく響く。気持ちが通じ合うと、里見君の体温がこんなにも幸せに感じられるのかと、まるで初めて恋した時のようなことを思ってしまった。

「……ねえ」

「……ん？」

「今、すごくキスしたい……いい？」

改めて訊かれると、恥ずかしい。

「な、なんで訊くの？」

「もう、ボタンをかけ違えたくないから」

それは私との関係を大事にしたい、ということなんだろうか。もしそう思ってくれているのなら、嬉しい。

こくりと頷くと、なぜか触れるだけのキス。

里見君は私を見て、くすりと笑った。

「……足りない？」

「えっ……」

「そんな顔してる」

もう、いつもの里見君だ。一段高いところで、戸惑う私を見て楽しんでいる。

「余裕だね」

悔しくて拗《す》ねた声を出すと、ちょっとムッとした顔になった。

「……余裕なわけないじゃん」

　里見君は私の腕を引いて立ち上がらせ、私をいきなり横抱きにする。

「きゃ……っ、な、なに⁉」

「俺の余裕のなさを、わかってもらおうかと思って」

　そのまま寝室まで行き、私をベッドの上に優しくおろした。

　ベッドの脇にしゃがんだ里見君は、私を真剣な目で見つめる。

「……いい？」

　今日はいちいち訊くらしい。

「……シャワー、浴びてない」

「余裕ないって、言ってるでしょ」

　里見君はそう言って、いつもよりも丁寧に丁寧に、私を抱いた。

「は……ぁあ、ッう、ン……もう、ダメ……！」

　心が通じ合うとこんなにも違うものかと思うぐらいに、私はあっという間に高みへと連れていかれてしまっていた。

「いいよ、イッて」

「あ……ッんんっ、はぁっ、っン……ぁ、い……っく……！」

　彼の律動は激しさを増し、私はせり上がってくる快感に身を委ねた。

「俺も……もう……」

　ぐいと奥に押し込まれると、彼の屹立したものが私の中で波打つのを感じた。その瞬間、達したと思っていた私の中はまた、きゅうと切ない声を上げながら絶頂に昇りつめた。

　事後の気だるさに、ベッドへだらりと身を沈めていると、里見君は隣で私の頭を撫でながら微笑んだ。

「ふふ」

「……なに？」

「ううん。なんか、幸せだなって」

　それはまさに今、私も感じていたことだ。こんな幸せでいいんだろうかっていうぐらいに今、心は多幸感に溢れている。

「……うん」

「うん」

　ふふふ、とふたりで一緒に笑う。

「……ねぇ、なっちゃん」

「んー……？」

「好きだよ、大好き。すんごく好き」

「そんな……比較級、最上級みたいに言わなくても……」

　嬉しい言葉ではあるけれど、何度も言われると照れくさくなってしまう。

私はタオルケットで顔の半分を覆った。

「だって、そうしないと伝わらないでしょ」

里見君はそう言って、おもむろに上半身を起こした。

「だって俺の人生は、もうなっちゃんなしでは成り立たないから、ちゃんと俺の気持ちをわかってもらわないと」

いきなりプロポーズのようなことを言われて、さすがに戸惑う。

「……そんな、大げさ」

「大げさなんかじゃないよ。本当にそう思ってる」

笑ってやり過ごすつもりが、里見君の真剣な表情を目の当たりにしたらやり過ごせなくなってしまった。

今、どんな顔をすればいいのかわからなくなる。

「……そう、思ってもらえるのは、嬉しい、けど……」

「けど？」

「だって……」

「なっちゃんも、俺のこと好きなんでしょ？」

「それは……そうだけど」

困惑していると、里見君は愛おしそうに私の頰を撫でた。

「……ねえ。さっきみたいに、俺の名前呼んでよ」

「え……っ」

改めて呼んでと言われると、少し照れくさい。

私は一度息を吐き出してから、里見君の顔を見て「廉」と呼んだ。

「……やっぱ、名前呼ばれると嬉しい、ね」

そう言って頬を掻きながら照れくさそうに笑う里見君が、愛おしい。

たまらずギュッと抱きつくと、すぐにキスが落とされる。

また、長い夜になりそうだ。

Epilogue

『恋コロ』も無事に最終回を迎え、深夜枠としては高視聴率の十・六パーセントでフィニッシュした。しかも初回から一度も視聴率が落ちなかったという快挙つきだ。

最終回は、瞬間ではあったものの、ＳＮＳのトレンドも一位を獲得して盛り上がりを見せた。

例の週刊ナインの熱愛記事は、実はテレビ局の広報が話題作りのために流したものだと後々発覚したのだけれど、これが視聴率と結びついたかは正直わからない。

ただ、里見君の事務所も山岸蘭の事務所も「大事な時に余計なことを」とご立腹だったというから、視聴率はともあれ、本人たちにはいい迷惑だっただろうと思う。

そんな、ある意味のマイナス要素もどこ吹く風と言わんばかりに、巷《ちまた》での里見君人気は高まっているようで、『Men's Fort』のバックナンバーが売れていると、通販事業部から報告が来たところだ。

「それ、バックナンバーの売り上げか？」

プリンターの前で送られてきた書類を見ていると、金岡編集長が後ろから声をかけてきた。

「あ、はい。通販事業部からデータを送ってもらいました。午後の編集会議で配ります」

そう言って私は、金岡編集長にそれを手渡す。

「おー、思った以上に売れてるな。次号も里見のページ多めでいくか」

「そうですね」

背中を押されたあの日から、金岡編集長とは仕事のこと以外話せていなかった。ちゃんと報告したほうがいいことはわかっていたけれど、いつ、どうやって切り出せばいいのかもわからず、なんだかんだ先送りになってしまっている。

書類から視線を上げた金岡編集長と目が合う。が、それも束の間、編集長はすぐに視線をはずし、辺りを見回している。

もしかしたら今、彼も同じことを考えているのかもしれない。

「ケリはついたか」

辺りに視線をやったまま、金岡編集長は小さい声でそう私に訊いた。

やっぱり、と心の中で呟く。

返された書類をコピー機の上でトントンと整えてから、私は「おかげさまで」と答えた。少し間を置いたのは、なんとなく答えにくかったからだ。

編集長はこちらをちらりと見た。

「その顔は、いい方向に行ったみたいだな」

今私は、どんな表情をしていたのだろうか。にやけたつもりはなかったのに。

「ちゃんと、幸せでいてくれよ」

「……わかりました」

「なんにせよ、よかったな」

薄く笑みを浮かべた金岡編集長を見たら、少しだけ胸の奥がチクリとした。

お互いの気持ちを確認し合って誤解が解けたのはよかったけれど、不安がないわけじゃない。

相手は今、人気急上昇中の芸能人で、この大事な時期につき合ってる人がいるというのは、事務所的にもよくは思わないだろう。それは、山岸蘭の件で既知の事実だ。

私は今日、仕事が終わったら、里見君と今後の話をすることになっていた。てっきりうちで話すのかと思えば、「俺の家に来て」と言われたものだから、私は少々緊張気味に里見君の家へと向かった。

初めて入った二DKの里見君の部屋。勝手にモノトーン系だと思っていたイメージとは違って、家全体が木の温もりが感じられるナチュラルな家具で統一されていた。リビングにあった本棚には、小説や漫画がぎっしりと並べられている。小説は大御所から新進気鋭の作家まであり、ジャンルも幅広い。これほど本を読んでいたとは、知らなかった。

よく考えてみれば、私は里見君のことはほんの一部分しか知らないのかもしれない。

「そんなにじっくり見られると、ちょっと恥ずかしい」

里見君は持ってきたグラスをテーブルに置くと、グリエを注いだ。

「里見君、すごく本読んでるんだな、と思って」

「ああ、昔から物語の世界に入り込むのが好きだったんだよね。だから役者もやってみたくて」

「仕事も含めてそれなりに一緒にいたと思うのに、全然知らなかった。インタビュー記事だって、ずっと読んでいたのに」

里見君は私が腰かけていたソファーの隣に座ると、私の顔を覗き込んだ。

「じゃ、これからいっぱい知ってよ、俺のこと。いっぱい、知ってほしい」

「……あの、さ……」

言い淀《よど》んでいると、私の手の上に里見君の手が置かれた。

「来て早々、不穏な空気出すのやめてよ」

諭すように、手をポンポンとされる。

「なっちゃんが今、どんなことを考えてるかわかるよ。俺が売れてきてるから、いろいろ心配なんでしょ」

逡巡しながらもこくりと頷くと、里見君は顔を緩めて微笑んだ。

「多分、なっちゃんが一番心配してることはクリアしたから大丈夫」

「……え？」

「社長にさ、話したんだよねこの前。真剣につき合ってる人がいますって」

驚きながらも、それもそうかと納得した。仮に黙っていてなにかあったら、もっと大変なことになるだろうし。

「まあ、最初は確かにいい顔はされなかったよ。でも俺が真剣なのが伝わったみたいで、事務所でバックアップしてくれるって」

「バックアップ……って」

「一緒に住もうよ、なっちゃん」

人間、驚きすぎると声も出なくなるんだな、と思う。

一緒に住もう、とは。

誰が、誰と。

「社長が引っ越し先のサポートしてくれるって。初ドラマが高視聴率だったご褒美も兼ねて。場所は、なっちゃんの会社からあまり遠くならないほうがいいよね？」

「ちょ……っと、あの、ちょっと、待って。一緒に住む、って……」

「俺と一緒にいたくないの？」

「そうじゃなくて」

「俺は、なっちゃんとずっと一緒にいたいんだけど」

ストレートに言われ過ぎて、唖然《あぜん》とする。これも若さだろうか。

「万が一マスコミに尾行されても、一緒に住んでいればバレる可能性も限りなく低くなる

し。それに」

握られていた手が恋人繋ぎのように握り直されると、里見君は私にキスを落とした。

「……こういうことも、いつでもできる」

不意を突かれて、顔が熱くなる。

「会いたい時に会えなくて、今までどれだけ悶々としたか」

私は、楽しげに言う里見君を見つめた。

「……そういうこと、したいだけ？」

「そんなわけないじゃん！　ただなっちゃんの顔を見たい日だってあるし……まあ、その延長上で、なっちゃんにくっつけたらもっと嬉しいけど……」

正直だな、と思いながらも、やっぱり嬉しくなってしまう。

私だってもちろん、里見君の匂いや温もりを感じていたい日がある。

それが、日常になるなら……。

「私が、本当に一緒に住んでもいいのなら……」

「いいに決まってるじゃん！　実はもう、物件ピックアップしてもらってるんだよね」

傍らに置いていた鞄から、嬉しそうに書類を引っ張り出している里見君の綺麗な横顔を見ていたら、愛おしさと、言い表せない衝動が心の奥から込み上げてくる。

私は里見君の頬に手を当てて、触れるだけのキスをした。

「……ねえ。なっちゃんにそんなことをされたら、俺が我慢できなくなるの、わかるよね？」

ペロリと自分の下唇を舐め、こちらを挑発的な瞳で見つめる。

「……うん」

「一緒に住んだら、まだ見たことない、なっちゃんが見れそうだね」

ニヤリと微笑むと、里見君は私のおでこにキスをした。

「俺は、どんななっちゃんも好き……」

こんなに幸せで、いいのだろうか。

そうは言っても、努力せずにこの幸せが永遠に続くなんて、そんな甘い考えは持っていない。

だから、この美麗な〝野良猫〟が私の元にいてくれる限り、精いっぱい大事にしたい。

「私も、大好き……」

グラスに注がれたグリエは、一段とキラキラ輝いていた。

end

あとがき

はじめまして。蜜夢文庫のお仲間に加えていただきました、つきおか晶と申します。

このたびは、数ある作品の中から『野良猫は溺愛する　本音のわからない年下男子に翻弄されています』をお手に取っていただき、ありがとうございました。

第十四回らぶドロップス恋愛小説コンテストの竹書房賞を受賞いたしまして、今回このような素晴らしい機会をいただけましたことをまずは感謝申し上げたいと思います。個人的には実に約七年ぶりの書籍刊行となりました。諦めず努力し続けていれば、素敵なご縁が巡ってくることもあるのだなということを今、改めて噛みしめているところです。

さて、人気モデル・里見廉と、雑誌編集者・伊吹菜津の恋模様はいかがでしたでしょうか。

年下ヒーローから激甘に愛されるヒロインにしようと書き始めたはずの本作でしたが、作者の『切ない話好き』の悪い癖がでたのか、どちらかといえば切なさ増し増しになってしまったような気がしています……すみません。

失いたくないからこそ、大事に思っているからこそ、この状況が不健全なものだとわかっていても踏みだせない。誰かが現状を変えてくれるのを待っている。

もしかしたらそういうことは恋愛だけでなくあることなのかもしれません。

結果がどうなろうと一歩踏み出す勇気も時には必要なのだと、菜津の背中をそっと押した金岡編集長のように、この作品が誰かの心の重荷を少しでも軽くするお手伝いができていたらいいなと思っています。


最後になりましたが、この作品には勿体ないほどの美麗なイラストで作品に豪華な花を添えてくださったwhimhalooo先生、担当さま、この本に関わってくださったすべてのみなさまに、この場を借りて御礼を申し上げます。

そしてなによりこの本を手に取り、あとがきの最後の最後まで読んでくださったあなたさまに心からの感謝を。

本当にありがとうございました。

またどこかで、お目にかかれる日を願って——。

つきおか晶

★著者・イラストレーターへのファンレターやプレゼントにつきまして★
著者・イラストレーターへのファンレターやプレゼントは、下記の住所にお送りください。いただいたお手紙やプレゼントは、できるだけ早く著作者にお送りしておりますが、状況によって時間が掛かる場合があります。生ものや賞味期限の短い食べ物をご送付いただきますと著者様にお届けできない場合がございますので、何卒ご理解ください。
送り先
〒160-0004　東京都新宿区四谷 3-14-1　UUR 四谷三丁目ビル２階
（株）パブリッシングリンク　蜜夢文庫 編集部
○○（著者・イラストレーターのお名前）様

野良猫は溺愛する
本音のわからない年下男子に翻弄されています
２０２３年１月３０日　初版第一刷発行

著……………………………………………………… つきおか晶
画……………………………………………………… whimhalooo
編集…………………………… 株式会社パブリッシングリンク
ブックデザイン…………………………………… しおざわりな
（ムシカゴグラフィクス）
本文ＤＴＰ………………………………………………… ＩＤＲ

発行人……………………………………………………… 後藤明信
発行……………………………………………… 株式会社竹書房
〒102-0075　東京都千代田区三番町８－１
三番町東急ビル６Ｆ
email：info@takeshobo.co.jp
http://www.takeshobo.co.jp
印刷・製本……………………………… 中央精版印刷株式会社